北山四先生全書
金履祥卷

黄靈庚　李聖華　主編

金仁山先生文集
濂洛風雅

〔宋〕金履祥／撰　李聖華　慈波／整理

下

上海古籍出版社

附録二　碑傳志銘附輓章、像贊、逸事

故宋迪功部史館編校仁山先生金公行狀

柳　貫

本貫婺州路蘭溪州純孝鄉循義里。曾祖天錫，妣唐氏。祖世臣，妣童氏。父夢先，妣童氏。

先生諱履祥，字吉父，金氏。金本劉也，避錢武肅王嫌名，故以金易劉，後遂因之，以爲彭城之宗。譜言世本項氏，其先項伯入漢，以恩賜姓爲劉氏。譜要爲有所證矣。初，繇三衢桐山峽口，徙家婺之蘭谿三峰桐湖者諱陳，下逮先生十世。又四世曰十二府君諱則元，而家始浸大，生子曰五迪功諱明偉，紹興初以耆行賜爵。又徙蘭谿桐山山下，而其群從一姓有曰某府君諱景文，力學而不求聞，與其妻包竭誠以事其祖若父。父嘗患疽，齋禱於天，乞以身代，而父疾亦尋愈。喪母，廬于墓左，夜見天光下燭，五采爛然，人以爲孝感。郡上其事，改其鄉純孝，以表異之。後又祠府君於學，題其主八行金公。昔政和間，嘗以八行選士，尋廢不舉，府君渡江後，人考其行而有合焉，故追繫之，以是名耳。迪功子二十一府君諱澄，生三子，生業益裕，能以禮法自範其家。仲則三十府君諱天錫，於先生爲曾祖。娶唐氏，盛年而寡，守節終身，教其子，至于有立。長子千八府君諱世臣，於先生爲祖，蚤孤，而能宅心經術，出游庠序，聲稱籍籍，鄉里推其賢。是生桐陽散翁諱夢先，先生父也，學博聞多，志向嶄然，祖母唐夫人尤深訓程之，雖屢從舉子試，場屋不利，而家學充茂，翁實啓大之矣。夫人童氏，生四子，先生居其三。將震，散翁以事留蘭邑，夜夢家塾壁間畫虎甚文，已而真虎復升屋大吼，覺而自語：「『維熊維羆，男子之祥。』吾殆得男也耶！」歸而先生已生，遂以祥名。稍長，應庠序課試，更名開祥。後從師友，謂開祥非學者名，歸而稟於其親，定名履祥。

先生幼而敏睿，父兄稍授之書，即能記誦，智若成人，宗黨咸愛異之。從伯父三七府君諱琳，因欲命後其長子章，散翁府君許之。八年，遂往爲之嗣。年十六，從學城闉，補郡博士弟子員，堂試屢占前列。二年，試中待補太學生，有能文聲。而先生反自悔其所爲之非，且悼其所志之未定，益折節讀書，屏舉子業不事。取《尚書》熟習而詳解之，然解至後卷，即覺前義之淺。時王君相，字元章，幼爲童子科，學問詞章望于庠校，先生取友得之，而元章亦深相器許。

年十九，知向濂洛之學，聞北山何文定公基得紫陽朱氏宗旨，欲往從之而莫爲之介。年二十三，迺即元章而謀之，將求書往謁敬巖王公佖。敬巖名監司，能收接後進，時方里居，蓋欲階之以踐北山之庭。元章曰：「見敬巖姪，不若見魯齋兄。」先生亦曰：「曩嘗獲觀《五先生文粹序》而竊慕之，不知其爲令兄也。」元章即爲書曰：「金吉父與相生同年而月長，蘭谿學者，莫或先焉。今欲請教於左右，吾兄求賢弟子久矣，亦必有以處吉父也。」於是獲見魯齋王文憲公柏，而受其業焉。初見，請問爲學之方，文憲曰：「立志。昔先儒胡文定有云：居敬以持其志，立志以定其本。志立乎事物之表，敬行乎事物之内。」又問讀書之目，曰：「自《四書》始。」已又因魯齋以進于北山之門，既定東嚮之禮，復起言所以仰慕之意，且歷叙少小漂流顛冥之故，願先生有以教之也。文定曰：「會之屢言賢者之賢，便自今日『截斷爲人』。」并以爲學之要示之。會之，文憲字也。自是從游二氏間，講貫益密，造詣益精，而知學非身外物矣。

時章已生子，散翁府君方嚴歸宗之命，問以問之文憲，文憲曰：「昭穆既不順，而彼復有子，上承父命，歸正宗緒，夫亦奚疑？昔子貢問伯夷、叔齊何人也，孔子既曰古之賢人也，而子貢又有怨乎之問。夫伯夷、叔齊，夫子以爲賢矣，已無可疑，而子貢再問，蓋自其心而言之也。今吉父處乎理義之正，何爲不安？」其議遂定。歲在辛酉，先生年三十，散翁府君疾革，命即歸宗。已而奄至大故，先生還承斬衰之重，以畢葬祭之禮。凡章家幹蠱之事，尤極意彌縫，不使少有闕失。亡幾，章與其配徐先後卒，先生皆爲之服齊衰期以報。變而適正，斯之謂禮，豈有過哉？

先生夙有經世大志，而尤肆力于學，凡天文地形、禮樂刑法、田乘兵謀、陰陽律曆，靡不研究其微，以充極於用。嘗出游杭都，諸公貴人争相引重，及進牽制擣虚之策，輒弗售，謝歸。迨其阽危，廼思其言之有味，而以迪功郎、史館編校起之，則已不及於用矣。旁郡嚴陵，嚴先生舊隱處，故有釣臺書院，宇棟雖具，誦弦久絶。郡守雅聞先生之賢而竊敬之，致書奉幣，厚禮來聘，將脩文憲上蔡故事。其書曰：「此邦之士，知尚儒術久矣，而義理之作興，不能貸夫利欲之汩没。釣臺之有書院，正所以崇名節而張雅道。況其地靚深幽夐，士習于此，果能專一其志向，而以讀書脩業爲事，其於觀感興起之誠有不能已。先生倘能嘉念後進，幡然而來，扶世善俗，功豈少哉！」先生感其言，爲之一起。至則因嚴先生懷仁輔義之説，攄發仁義之奥而極言之，聞者始知義理之學真足以動夫人也。

于時宋將改物，兵燹乘之，所在繹騷。先生之居尤與盜近，因挈其妻孥，避之金華山中。驚悸稍息，則上下巖壑，追逐雲月，探幽討勝，寄情嘯咏，而是心之泰然者，初不以亂離之瘼嬰拂之也。久之，始歸就寧宇。州黨之間，頗知宗向，贏糧景附，躡屩雲從，户屨常滿，而以禮爲羅，闢塾延致，惟恐或後。於夫疇昔氣誼之崇者，間亦惠然應之，講道論德，諄切爲人。即有餘暇，不廢纂述。

謂古書有注必有疏，文公之於《論》《孟》製《集注》，多因門人之問而更定之，其問所不及者，亦或未之備也，而事物名數，又以其非要而略之。今皆爲之脩補附益，成一家言，題其編曰《論孟考證》。迺若《大學》，文公既爲定次《章句》，而《或問》之作，所以反覆章明其義趣者尤悉，然後之學者尚有疑焉，則復隨其章第，衍爲《疏義》以暢其支，申爲《指義》以統其會，《大學》之教於是乎無毫髮之滯矣。

先生早歲所注《尚書》，章釋句解，既成書矣，一日超然自悟，擺脱衆説，獨抱遺經，復讀玩味，則其節目明整，脉絡貫通，中間枝葉與夫訛謬，一一易見。因推本父師之意，正句畫段，提其章指與其義理之微，事爲之概，考證字文之誤，表諸四闌之外，曰《尚書表注》。而自序其述作之意曰：「《書》者，二帝三王聖賢君臣之心，所以運量、警省、經綸、通變、敷政、施命之文也。君子於此考跡以觀其用，察言以求其心，以誠諸身，以措諸其事，大之用天下國家，小之爲天下國家用。顧不幸不得見帝王之全書，幸而僅存者，又不幸有差誤異同、附會破碎之失。考論不精，則失其事迹之實；字辭不辨，則失其所以言之意。《書》未易讀也。」「燼於秦，灰於楚，鉗於斯，何偶語挾書之律。久之而伏生之耄言僅傳，孔氏之壁藏復露。伏生者，漢謂今文；孔壁者，漢謂古文。顧伏生齊語易訛，而安國討論未盡。」「安國雖以伏生之書考古文，不能復以古文之書訂今文，是以古文多平易，今文多艱澀。今文雖立學官，而大小夏侯、歐陽又各不同，古文竟漢世不列學官。後漢劉陶獨推今文三家，與古文異同，是正文字七百餘事，號曰《中文尚書》，不幸而不傳於世。至東晋而古文孔傳始出，至蕭齊而始備。」「唐貞觀悉屏諸家，獨立孔傳，且命孔穎達諸儒爲之疏。夫古文比今文固多且正，但其出最後，經師私相傳授，其間豈無傳述傅會？所以《大序》不類西京，而謂出安國；《小序》事意多謬經文，而上誣孔子。」「朱子傳注，諸經略備，獨《書》未及，嘗别出《小序》，辨正疑誤，指其要領，以授蔡氏，而爲《集傳》。諸説至此有所折衷矣，但書成於朱子既没之後，門人《語録》未萃之前，猶或不無遺漏放失之憾。」「予兹《表注》之作，雖爲疏略，苟得其綱要，無所疑礙，則其精詳之緼，固在夫自得之者何如耳。」

《小戴禮·樂記》第十九，鄭玄《目録》云：「漢武帝時，河間獻王與諸生等共采《周官》及諸子云樂事者，以作樂記事。」又云：「《樂記》者，以其記樂之義。於《別録》屬《樂記》，蓋十一篇。」篇雖合而略有分焉。唐孔氏《正義》則謂：劉向校書，得《樂記》二十三篇。今《樂記》斷取十一篇，餘有十二篇，名猶在而記無所録矣。《正義》直以《樂本》《樂論》《樂施》《樂言》《樂禮》《樂情》《樂化》《樂象》《賓牟賈》《師乙》《魏文侯》分十一篇，而每篇之中又各自爲章，總之凡三十四章。先生獨有疑焉，因爲之反覆玩繹，優游涵泳，則見其所謂十一篇者，節目明整，瞭然可考，而《正義》所分，猶爲未盡，於是一加段畫，而旨義顯白，無復可疑。此學者所以貴於平心觀理，及其理融見卓，則雖跨越宇宙，而與聖賢共講，亦不過是而已也。

司馬文正之作《資治通鑑》，取法《春秋》，繫年著代。秘書丞劉恕作《外紀》以記前事，顧其志不本於經，而信百家之説，是非既謬於聖人，不足傳信。而自帝堯以前，不經夫子之所定，固野而難質。夫子因魯史以作《春秋》，始於魯隱公之元年，實周平王之四十九年也。王朝列國之事，非有玉帛之使，則魯史不得而書，聖人筆削，亦何由而見？況左氏所記，或闕或誣。凡若此類，皆不得以辟經爲辭。乃用邵氏《皇極經世》曆、胡氏《皇王大紀》之例，損益折衷，一以《尚書》爲主，下及《詩》《禮》《春秋》，旁采舊史諸子，表年繫事，復加訓釋，斷自唐堯，以下接於《資治通鑑》，勒爲一書，名曰《通鑑前編》，凡十有八卷，《舉要》三卷。既成，以授門人許謙，曰：「二帝三王之盛，其徽言懿行，宜後王所當法。戰國申韓之術，其苛法亂政，亦後王所當戒。自周威烈王二十三年以後，司馬公既以論次，而春秋以前，迄無編年之書，則是編固不可以莫之著也。」故先生自題其編，有曰：「荀悦《漢紀》《申鑒》之書，志在獻替，而遭值建安之季。王仲淹續經之作，疾病而聞江都之變，泫然流涕曰：『生民厭亂久矣，天其或者將啓堯舜之運，而吾不與焉，則命也。』」此先生述作之意，而人不與知之。嗚呼微哉！

先生之學，以其純禀，濟之精識，得於義理之涵濡，而成於踐脩之充闡。研窮經義，以究窺聖賢心術之微；歷考傳注，以服襲儒先識鑒之確。無一理不致體驗，參伍錯綜，所以約其變；無一書不加點勘，鉛黄朱墨，所以發其凡。平其心，易其氣，而不爲浚恒之求深；鉤其玄，探其賾，而不爲臆決之無證。

自其壯歲，韜英蓄鋭，致其人十己百之功，固已深造自得乎優柔厭飫之域。迨夫晚暮，意篤見凝，心和體舒，所發皆粹盎，所趣皆寬平。於一動作語默之間，自然不冒太和之内，而無回護掩覆之弊。學之成己，蓋若此也。先生神爽清竦，器宇静夷，平居淵潛儼恪，深自晦藏，而内積忠信，與物無忤，非意之干，自不能近。簡直不阿，視人猶己，久與之居，愈益生敬。四方學者，承風依心，肅襟造請。方群疑塞胸，膠轕糾纏，莫能自解，而親其矩範，聆其誨言，固吝消亡，隱慝軒露。如人有疾疢，察脉製齊，適其浮沉滑濇之候，而中夫攻熨補瀉之宜，動悟孚格，不俟終日。其或一時扞格而不入，則寬以養之，徐而制之，浸灌磨礱，未嘗無益而錯施之也。

先生篤于分義，先人後己，終始不渝。嘗有故人子坐累，母子並繫奚官，分配夷今按：底本闕字，據藕本《仁山文集》補。隸，母子至不相聞。先生耿耿在抱，爲之物色經營，傾貲贖歸。其子後貴，先生終不自言，相見勞問而已。而其推以成人者，又若此矣。

文憲王公之學，得之文定何公；何公之學，得之文肅黃公；黃公，則文公子朱子之高第弟子也。其授受之淵源，粹然一出于正。如御一車，以行大逵，如執一籥，以節衆音。和鸞揚鈴，聲律度數，脗合潛通，無弗同者。蓋先生始獲進拜文憲，而遂從登文定之門。二先生鄉丈人行，皆自以爲得之之晚，而深啓密證，左引右掖，期底于道。雖孫明復之於石守道，胡翼之之於徐仲車，不過是也。然文定之所示曰「省察克治」，文憲之所示曰「涵養充拓」，語雖甚簡，而先生服之終身，嘗若有所未盡焉者。先生家故貧，中歲依二先生以爲之重，而患難之扶持，死喪之救卹，二先生不遺餘力焉。文定卒於咸淳戊辰，先生謂文定當世巨人，治喪之禮，四方之所視儀，當厚無薄，則考按禮制而爲之議，曰：「爲師服者，『吊服加麻』，『心喪三年』，古之制也。」「布襴，俗服也，今之服緦功以上者皆用之。生絹鈎領之衫，俗服也，今之服緦麻者亦用之。服今緦麻之服，是不得全喪父無服之重也。疑衰，古士之吊服也，其服亡矣。白布深衣，古庶人之吊服也，其制今猶有存。然古之士，今之官也；今之士其未仕者，古之庶人也。宜用古庶人之服，而以深衣爲吊服。昔者朱子之喪，門人用細麻深衣而布緣矣。」「然凡布皆麻。古以三十升麻爲麻冕之布，以十五升麻爲深衣之布。」「深衣之麻，自司馬公、子朱子皆云『用極細布爲之』，則深衣之布以紵代麻久矣。其緣，則『孤子純以素』，是喪父既除之服也。孔門喪夫子，若喪父而無服，則以喪父除服之服，爲若喪父無服之服，其純用素可也。其冠，則庶人之吊，『素委貌』，失其制矣，以白巾代之而加絰於冠可也。」「加麻之絰，緦服之絰也」，「今用細麻而小可也。加麻之帶，緦服之帶也」，「今用細紵可也。」所謂疑衰者，擬於衰者也。文憲方與治喪者首遵用之，而先生因亦有考於深衣之制，爲之《外傳》，又若干言焉。六年，而文憲没，先生相其家以治其喪，率其門人制服如初。鄉人始知師弟子之義繫於常倫，不可闕也。

先生生於紹定壬辰三月丁酉，而卒於大德癸卯三月壬辰，得年七十二。娶徐氏，子男三：長穎，次頖，次頔。頔有志於學，早卒。先生中年築居仁山之下，文定爲書其扁曰仁山書堂，學者不敢字之，稱仁山先生。先生又別自號次農，其説以爲：「農田百畝，上農夫食九人，上次食八人，中食七人，中次食六人，下食五人，凡五等」，「百畝均也，而地有肥磽，力有彊弱」，「予力貧體弱，不能爲上農之事，庶幾其次；次不能爲，庶幾其中；中不能爲，爲中次亦可矣，故命曰次農。」先生卒後三年，其歲丙午，九月甲申，即葬仁山後隴。

所注書有《尚書表注》《大學疏義》《指義》《論孟集注考證》《通鑑前編》，合若干卷，傳學者。雜詩文又若干卷，藏於家。而曰《昨非存藁》者，弱冠以後、四十以前之作也。曰《仁山新藁》者，辛未至乙亥之作也。曰《仁山亂藁》者，丙子以後之作。曰《仁山噫藁》者，壬辰以後之作。其自題曰：「自丙子之難，而生前之望觖；自壬辰哭子之慼，而身後之望孤。曰亂曰噫，所以志也。」初，文定確守師傳，參訂訓義，於《易大傳》《本義》《啓蒙》《大學中庸章句》《論孟集注》《太極圖》《通書》《西銘》之外，凡文公語録、文集諸書，商確考訂之所及，取其已定之論，精切之語，彙叙而類次之，名爲《發揮》，已與諸書並傳於世矣。而若文公、成公所輯周、程、張子之微言曰《近思録》者，宜爲宋之一經，而顧未有爲之解者，亦隨文箋義，爲《近思録發揮》，未詮定而文定殁。乃與同門之友汪蒙、俞卓續抄校正，篇次先後，一仍文定之舊，且爲製序，而屬之文定之孫宗玉。先生殁時，凡所注書僅僅脱藁，而未及有所正定，故悉以授許謙。謙尤能遵稟遺志，益加讎校，今皆刻板以傳。

元統二年，里後學吴師道移書學官，請祀州學，而郡亦列祀先生，配食於何、王二夫子矣。自聖學不明，群儒雕鏤組繡，分裂破碎，千五百年。而周、程、張、邵五夫子重徽繼照，《六經》之道，焕然復明於天下，而堯、舜、禹、湯、文、武、周公、孔子所以載道立教之言，人極賴以扶持，人心賴以開濟者，千萬世如一日也。然而宇宙之間，光風霽日之時，不多於風雨晦冥之變；龜龍麟鳳之蓄，不多於鴟鴞蛇虺之群。章明開拓之未幾，而蠹壞剝蝕之隨至，人心世變，其相爲闔闢於茫昧不可致詰之中者，君子常視之以爲學術消長之候。道南之學，肇於龜山楊氏，而豫章羅氏、延平李氏實繼起而纂承之。天之生賢，固不數數然也。文公先生子朱子屬當道統絶續之運，而身任斯道不傳之緒，凡聖經賢傳之出於分崩離析之餘者，既悉删之正之，以還統體之全，而傳注訓釋之混於得失純駁之間者，又悉披之摘之，以成宰制之功。提綱挈領，別類離倫，其學始於精擥潛思，終於真積力踐。行著習察之幾，即致知力行之具；洒埽應對之粗，即精義入神之妙。世之所謂空言無實，而足以欺世盜名者，非學也。當時及門之士，無慮什百，而文肅黄公獨得其傳。顔氏之無所不説，曾子之一以貫之，有自來哉。文定何公早嘗師事黄公，與聞真實刻苦之訓，而文憲王公則又得之何公者也。何、王二氏生同里，同志於道，同時易名，有司以謂何公之清介純實似尹和靖，王公之高明剛正似謝上蔡，時稱知言。而先生則自其盛年，親承二氏之教，以充之於己者也。盤溪之步趨，歲寒之講切注：盤溪，文定所居。歲寒，文憲堂名。立志持志之訓謨，嚅嚌道腴，而游泳聖涯，其所資者深，所造者遠矣。雖進不得爲諸葛孔明之起赴事會，而崔州平、徐元直之知爲偉人者，不失也；退猶得爲陶元亮之任運歸盡，而其所願爲魯仲連、張子房者，尚皦然而不誣也。簞瓢樂道，著書忘老，英華之敷遺，芳澤之流滋，豈不足以表儒行之卓，繫師資之重哉！一世之短，千載之長，以此較彼，孰得孰失，必有能辨之者矣！

方何、王二氏之鳴道於婺也，有通齋先生葉公諱由庚者，年輩差先於先生，而文憲蓋嘗引以爲友，學尤邃於經，亦不遇以死。文定之行，文憲狀之；文憲之行，通齋誌之。則夫先生之學之行，紀載而鋪張之，將奚屬哉？

貫實單弱，早歲因緣父友，幸嘗灑埽師門。而少長屢遭家難，爲貧游仕，有志弗彊，不得終承先生之教，以卒弟子之業，罪也何言！許謙益之年長於貫，而屑與之友，先生之有望於謙，與謙之足以承先生之知，貫則數及之矣。備官京師，每貽書趣就編簡，而謙亦未嘗不以是事爲己責也。今謙不可作矣，貫誠後死，竊將以是自勉，而謙之子元，乃以先生之子頖之請，竭蹷來山中，屬筆於貫。貫雖不敏，誼不容辭，於是即其家，求其文關於出處之大要者，而叙次之，并追繫昔所逮聞，爲《行狀》一通，録以遺頖，使白於先生之墓，而且以告後之學者。惟先生生而遭時不淑，老而幸際真元之會，曾不得一試，而遂以没身，它日汗青有紀，傳之儒林，傳之獨行，唯太史氏之所簡擇，是則貫所以區區傳信之意云耳。謹狀。

門人前太常博士柳貫狀。

（《柳待制文集》卷二十，《四部叢刊》景元至正本）

仁山先生墓誌銘

許　謙

三代盛時，聖賢繼作，道統日以修明，百姓日用而不自知。蓋時雖治亂，而道無一日不在天下也。道學之名何自而立哉？秦漢以降，千有餘禩，聖賢亦不復作，天下貿貿焉而無一人能識其用，儒者何從得之，以尊其身而能稱名於天下耶？吾是以嘆斯道爲不傳之妙物矣。

我宋仁山金先生，遡源鄒魯，倡道伊洛，事同郡王柏，柏從何基之學，基則學於黄榦，榦親承朱子之學者也。而仁山實得其傳，爲世崇儒，卓乎不可尚也已。始謙未及門，冀一接其人而不可得。國家喪亂，人事弗齊，自謂文物遺獻，若仁山今按：原脱「山」字。先生不易得耳。後幸獲侍左右，日聆清誨，始克鋤剗胸茅，而收功於先生也。一日，先生之嫡孫滬走八華山房，請曰：「欲銘大父墓上之石，望毋外辭。」謙則追感未已，滬雖不委謙，固當沐手拜述，况請乎？

先生幼聰察，父兄或授書，輒成誦。及壯，造一貫之説，以身任道，無少固讓。宋世衰微，先生視勢不可爲，絶意進取，然負其經濟之略，而尤不忍坐視其亡。襄今按：原脱「襄」字。樊之師日急，宋人莫之敢當。先生因進乘閒擣虚之策，請以重兵由海道直趨燕薊，備叙海舶所經巨洋别島，遠近難易，險阻要處，乘時以禦，則襄樊之師不攻自解。宗社大計，不得不言，當國者呵之，卒爲其沮。及後朱瑄、今按：原作「暄」，改之。張清獻今按：原作「憲」，改之。海之運經由海道，視先生所上之策較之，無咫尺差異，然後人服按：原誤作「復」。其確論。

宋將改物，定鼎無常，所在盜起，先生屏迹金華山中，追逐雲月，吟嘯自如。平居儼然，如泥塑人，至與物接，然盎若春融，訓迪後學，諄切無倦。學者四集，著述表其書，聞於朝，由是朝廷采收譽望，名重當世。諸公謂宜甄録以表遺直，薦章交上。德祐乙亥，以迪功郎、史館編校起之，先生辭不赴召，遂終老仁山。又以蘭溪爲部都邑，意其有中州風。大德癸卯三月壬辰日，卒於正寢，距所生紹定壬辰三月丁酉日，享年七十有三。以禮葬小鈎羅山。子三：穎，頖，頡。孫二：浚，漚。銘曰：

仁山巍巍，道久倡隨。嗣人闕幽，鈎羅之隈。克世其德，雖逝不隳。我銘樂石，斯坎藏之。

門生許謙著。

（《濲西長樂金氏宗譜》卷十六，民國三十六年活字本）

金履祥傳

宋濂等撰

金履祥，字吉父，婺之蘭溪人。其先本劉氏，後避吴越錢武肅王嫌名，更爲金氏。履祥從曾祖景文，當宋建炎、紹興間，以孝行著稱。其父母疾，齋禱于天，而靈應隨至，事聞于朝，爲改所居鄉曰純孝。

履祥幼而敏睿，父兄稍授之書，即能記誦。比長，益自策勵，凡天文、地形、禮樂、田乘、兵謀、陰陽、律曆之書，靡不畢究。及壯，知向濂洛之學，事同郡王柏，從登何基之門。基則學于黄榦，而榦親承朱熹之傳者也。自是講貫益密，造詣益邃。時宋之國事已不可爲，履祥遂絶意進取，然負其經濟之略，亦未忍遽忘斯世也。會襄樊之師日急，宋人坐視而不敢救，履祥因進牽制擣虚之策，請以重兵由海道直趨燕薊，則襄樊之師將不攻而自解。且備叙海船所經，凡州郡縣邑，下至巨洋别島，難易遠近，歷歷可據以行，宋終莫能用。及後朱瑄、張清獻海運之利，而所由海道視履祥先所上書咫尺無異者，然後人服其精確。德祐初，以迪功郎、史館編校起之，辭弗就。

宋將改物，所在盜起，履祥屏居金華山中。兵燹稍息，則上下巖谷，追逐雲月，寄情嘯咏，視世故泊如也。平居獨處，終日儼然，至與物接，則盎然和懌。訓迪後學，諄切無倦，而尤篤於分義。有故人子坐事，母子分配爲隸，不相知者十年。履祥傾貲營購，卒贖以完。其子後貴，履祥終不自言，相見勞問辛苦而已。何基、王柏之喪，履祥率其同門之士，以義制服，觀者始知師弟子之繫於常倫也。

履祥嘗謂司馬文正公光作《資治通鑑》，祕書丞劉恕爲《外紀》以記前事，不本于經，而信百家之説，是非謬于聖人，不足以傳信。自帝堯以前，不經夫子所定，固野而難質。夫子因魯史以作《春秋》，王朝列國之事，非有玉帛之使，則魯史不得而書，非聖人筆削之所加也。况左氏所記，或闕或誣。凡此類，皆不得以辟經爲辭。乃用邵氏《皇極經世》曆、胡氏《皇王大紀》之例，損益折衷，一以《尚書》爲主，下及《詩》《禮》《春秋》，旁採舊史諸子，表年繫事，斷自唐堯，以下接于《通鑑》之前，勒爲一書二十卷，名曰《通鑑前編》。凡所引書，輒加訓釋，以裁正其義，多儒先所未發。既成，以授門人許謙，曰：「二帝三王之盛，其微言懿行，宜後王所當法。戰國申商之術，其苛法亂政，亦後王所當戒。則是編不可以不著也。」他所著書，曰《大學章句疏義》二卷、《論語孟子集注考證》十七卷、《書表注》四卷。謙爲益加校定，皆傳于學者。天曆初，廉訪使鄭允中表上其書于朝。

初，履祥既見王柏，首問爲學之方。柏告以必先立志，且舉先儒之言「居敬以持其志，立志以定其本。志立乎事物之表，敬行乎事物之内」，此爲學之大方也。及見何基，基謂之曰：「會之屢言賢者之賢，理欲之分，便當自今始。」會之，蓋柏字也。當時議者以爲基之清介純實似尹和靖，柏之高明剛正似謝上蔡，履祥則親得之二氏而並充於己者也。

履祥居仁山之下，學者因稱爲仁山先生。大德中卒。元統初，里人吴師道爲國子博士，移書學官，祠履祥于鄉學。至正中，賜謚文安。

（《元史》卷一百八十九《儒學一》，民國十九年商務印書館景明洪武三年刻本）

仁山金文安公傳略

章　贄

金文安公諱履祥，字吉父，婺之蘭谿人。其先本劉氏，後避吴越錢武肅王嫌名，更爲金氏。履祥從曾祖景文，當宋建炎、紹興間，以孝行著稱。其父母疾，齋禱於天，而靈應隨至，事聞于朝，改所居鄉曰純孝。

履祥幼而敏睿，父兄稍授之書，即能記誦。比長，益自策勵，有經世志，凡天文地形、禮樂刑法、田乘兵謀、陰陽律曆之書，靡不研究其微，而充極于用。及壯，知向濂洛之學，遂棄舉子業，師事同郡王柏，從登何基之門。基則學于黄榦，而榦親承朱熹之傳者也。自是講貫益密，造詣益邃。時宋之國事已不可爲，履祥遂絶意進取，然負其經濟之略，亦未忍遽忘斯世也。會襄樊之師日急，宋人坐視而不敢救，履祥因進牽制擣虚之策，請以重兵由海道直趨幽薊，則襄樊之師將不攻而自解。且備叙海舶所經，凡州郡縣邑，下至巨洋别島，難易遠近，歷歷可據以行，宋終莫能用。及後朱瑄、張清獻海運之利，而所由海道與先生先所上書咫尺無異者，然後人服其精確。德祐初，以迪功郎、史館編校起之，辭弗就。

宋將改物，所在盜起，先生屏居金華山中。兵火稍息，則上下巖谷，追逐雲月，寄情嘯咏，視世故泊如也。平居獨處，終日悠然，至于接物，則盎然和懌。訓迪後學，諄切無倦，而尤篤于分義。有故人子坐事，母子分配爲隸，不相知者十年。先生傾貲營購，卒贖以完。其子後貴，先生終不自言，相見勞問辛苦而已矣。文定、文憲之喪，先生率其同門之士，以義制服，觀者始知師弟子之係于倫常也。

先生嘗謂司馬温公作《資治通鑑》，秘丞劉恕爲《外記》以記前事，不本于經，而信百家之説，是非謬于聖人，不足以傳信。自帝堯以前，不經夫子所定，固野而難質。夫子因魯史而作《春秋》，王朝列國之事，非有玉帛之使，則魯史不得而書，非聖人筆削之所加也。況左氏所記，或闕或誣。凡此類，皆不得以解經爲詞。乃用邵氏《皇極經世》曆、胡氏《皇王大紀》之例，損益折衷，一以《尚書》爲主，下及《詩》《禮》《春秋》，旁採舊史諸子，表年係事，斷自唐堯，以下接于《通鑑》之前，勒爲一書二十卷，名曰《通鑑前編》。凡所引書，輒加訓釋，以裁正其義，多先儒所未發。晚成，以授門人許謙，曰：「二帝三王之盛，其微言懿行，宜後王所當法。戰國申韓之術，其苛法亂政，亦後王所當戒。則是編不可以不著也。」他如著書曰《大學章句疏義》一卷、《論孟集注考證》十七卷、《尚書表注》四卷。謙爲益加校定，皆傳于學者。天曆初，廉訪使鄭允中表上其書于朝。

初，先生見王文憲，首問爲學之方。王告以必先立志，且舉先儒之言：「居敬以持其志，立志以定其本。志立乎事物之表，敬行乎事物之内」，此爲學之大方也。及見何文定公，何謂之曰：「會之屢言賢者之賢，便自今『截斷爲人』。」又曰：「理欲之分，便當自今始。」會之，蓋柏字也。議者以爲何之清介純實似尹和靖，王之高明剛正似謝上蔡，先生則親得之二氏而並充于己者也。旁郡嚴陵有釣臺書院，郡守以文憲上蔡故事聘，爲之一出，舉子陵懷仁輔義之説，攄發其藴，學者始知有義理之學。

晚歲築居仁山之下，學者不敢字之，因稱爲仁山先生。大德中卒。元統初，里人吴師道爲國子博士，移書學官，祠先生于鄉學。至正中，賜謚文安。

章贄曰：先生幼而敏慧，授之書，即能記誦。比成童，補弟子員，屢試前列。年十九，知向濂洛之學，棄舉子業，師事魯齋王公而受學焉，旋又因魯齋而登北山何公之門，自是從游二氏間，講貫既密，造詣益精。蓋何、王學本于勉齋黄幹，而得朱子之嫡派，其受授淵源，粹然一出于正。素抱經世大志，凡星緯、方輿、禮樂、刑政、田乘、兵謀、陰陽、律曆，靡不研究其微，而推極于用。嘗以布衣游公卿間，進牽制擣虚之策，時不能聽。及國勢阽危，始思其言而莫救，徒令人扼腕而長太息也。至當胡元御宇之初，詔使侍御程文海訪求江南人才，先生正年當服政，倘出而以遺逸應世，則展生平之夙負，豈不可與許魯齋、吴草廬同類而共稱之也。乃先生窮居獨善，而冥鴻高飛，即甲子紀年一事觀之，而其敦行明誼之大節，何減于桐江之風維漢鼎，栗里之靖節晉室也哉！至其晚年，卜築仁山之下，講道著書，以淑後進，諄諄不倦，言論風指，皆可誦法。所著《通鑑前編》，元世本道憲司命婺學刊行，事聞臺府，表上送官。若《大學疏義》《中庸標注》《論孟考證》，我成祖皆載入《大全》，固已萬世不磨矣，而又何俟後學之贅言也哉！

（《仁山先生金文安公文集》卷五，清雍正九年東藕堂刻本）

文安公纂略

金文裕

先文安公，以宋理宗紹定五年三月丁酉生蘭谿純孝鄉桐山之第，桐陽散翁叔子也。始散翁有夢虎之祥，因以祥名。既長，師爲更今諱云。

公生而敏睿，博學多聞，通于天文、地形、禮制、兵謀、陰陽、律曆之秘，靡不殫究。年十六補郡庠生，十八試中待補太學生。居恒篤行敬修，雖不事進取，輒以匡濟爲任。强仕之歲，以襄樊告急，國勢阽危，慨然思自建立，遂至京師進奇策，請以重兵繇海道直趨燕薊，則襄樊之圍自解，而當事沮其議，識者咸嘆惜之。德祐改元，召爲史館編校，又不果用。乃設釣臺書院，專意著述，題其集曰《仁山新稿》。

既而元兵入臨安，以帝㬎及太后北去。公即屏居金華山中，時年四十有六矣。後三載而宋亡，公以宋室遺民孤節自矢，遂決志遯世，窮約以終。是歲以後，所著文章止書甲子，其集以《仁山亂稿》名焉。公娶徐氏，生三子，季有雋才而早卒，公甚悼之。是後詩文，又名《噫稿》，題其端曰：「自丙子之難，而生前之望缺；自壬辰之歲，而身後之望孤。曰亂曰噫，所以誌也。」晚年館於唐氏之齊芳書院，成《通鑑前編》及《濂洛風雅》。七十二歲，《大學指義》成。是歲三月壬辰，以疾考終，蓋元成宗大德七年也。易簀時謂二子曰：「《前編》一書，吾用心三十餘年，平生精力盡於此，所得之學亦略見於此。吾爲是書，固欲以開來學，殆不可不傳，亦不可泛傳也。吾且歿，宜命許謙録成定本。此子他日必能爲我傳。」於是以此書授之白雲。

大德十年九月甲申，葬於仁山後壠。禮部吴師道移文學宫，列之祀典。學正徐鋐請諸朝，列祀於先賢之祠。至正中，特謚文安。國朝成化中，敕郡建正學祠。正德中，郡守於天福山建仁山書院，春秋祀公。

公長孫巽言公於元季避兵，徙家吴下。從孫履之公，亦從雲間徙陽山。六傳至世昌公，自崑遷郡。又再傳至曾祖愛月公，卜居長洲之蠡溪，而支裔之衍於蘇者益蕃矣。裕竊仰溯淵源，懼弗克步趨家學，夙夜黽厲，時瞻遺行而興起焉，故爲略纂懿蹟，敬書如右，用示世世子孫，知有典型，毋敢墜緒云爾。萬曆戊午冬十月，二十四世孫文裕謹述。

（《仁山金先生文集》附録，清雍正三年春暉堂刻本）

讀史札記

盧文弨

「有故人子坐事，母子分配爲隸，不相知者十年。履祥傾貲營購，卒贖以完。其子後貴，履祥終不自言，相見勞問辛苦而已。」案：「勞問」，乃世俗相見寒暄常語，不必贅「辛苦」二字，柳待制貫所作狀本無之。前叙其「天文地形、禮樂刑法、田乘兵謀、陰陽律曆之書，靡不畢究」，《傳》獨少「刑法」二字。如以爲學者所不必講，則非矣，當是鈔者偶遺此二字，而於後復妄增二字以就行數耳。又，「徽言懿行，宜後生所當法」，《傳》作「徽言」，亦不如「徽」字之當。

（《讀史札記·金履祥傳》，清光緒二十九年貴池劉氏刻《聚學軒叢書》本）

輓詩二首

許　謙

德粹身常潤，時艱志莫舒。治安曾獻策，私淑幸遺書。方寸涵千古，襟懷湛太虛。哲人今已矣，吾道竟何如？

又

統緒傳朱子，淵源繼魯翁。誨人沛時雨，對客藹春風。志立修身本，誠存作聖功。遺言猶在耳，一慟閟幽宮。

（《仁山先生金文安公文集》卷五，清雍正九年東藕堂刻本）

挽仁山先生，步許益之韻

葉克誠

淚竭眸因眊，思沉憾莫舒。《前編》斷《堯典》，《表注》及《虞書》。格致傳雖的，匡扶志竟虛。斯文梁木壞，悵悵欲何如？

兢兢邏綽士，凛凛主人翁。正擬培元氣，那堪撼夜風。尋行欣有迹，實踐愧無功。悲憶令人絶，瞻依惟故宮。

（《瀫西長樂金氏宗譜》卷一，民國三十六年活字本）

仁山先生像贊

宋濂

山川毓秀，挺生斯翁。傳道繼志，萬古高風。宋濂題。

（《仁山金先生文集》卷首，清雍正三年春暉堂刻本）

宋仁山先生像贊

佚名

先生次農，八婺儒宗。設教釣臺，白雲相從。宋時大賢，元紀追封。祠立郡邑，春秋永供。

（《高滕金氏宗譜》卷一，清光緒三十年活字本）

奉安仁山先生神主詩二首

吴師道

我里堂堂有碩師，窮經白首竟誰知。諸君宣化文明運，百世流風道德祠。鄉曲論公身没後，衣冠色動禮成時。服膺私淑遺編在，豈乏方來秀杰姿。

仁山山下故書藏，上泝真傳自紫陽。策秘當時山海變，道行異世日星光。先生永配千年社，學子濃熏一瓣香。端藉廣文崇教事，相看不恨鬢毛蒼。

（《仁山先生金文安公文集》卷五，清雍正九年東藕堂刻本）

請入鄉賢祠祀先生文移

吴師道

嘗聞有道德者，殁則祭于瞽宗，今學有先賢之祠，古遺意也。若乃立德立言，可法可師，當今之所表章，學者之所尊信，既有其人，未列于祀，豈不爲鄉邦之深耻，學校之缺典乎！

竊見故仁山金先生諱履祥，字吉父，世蘭谿人。少而好學，有經世志，凡天文地形、禮樂刑法、田乘兵謀、陰陽律曆，無不博通。長師魯齋王文憲公柏，從登北山何文定公基之門。北山實學于勉齋黄公，而得朱子之傳者。由是講貫愈精，造詣益邃，表裏誠篤，神氣肅和。舉進士一不利，棄去，以文義游諸公間。嘗出奇策匡世，爲在位者所阻格。宋季以迪功郎、史館編校召，已不及用，隱居仁山下，著書以淑後進。大德中，本道帥臣及部使者敦禮延致，聽授講學，翕然鄉方，未就而卒。所著《尚書表注》《大學章句疏義》刊于婺，江東憲司刊《指義》于宣學，《通鑑前編》近蒙本道憲司命婺學刊行，事聞臺府，表上送官，又有《論孟集注考證》傳學者，文集藏于家。

先生道德無忝于前修，論注有裨于後世；列之祀典，義叶古今，雖一時之未遑，豈公論之終泯？况先生後嗣貧窶，非欲藉是以庇身，而其見義舉揚，亦非托之以要譽。如蒙轉聞有司，祠之學宫，非惟允愜多士之望，抑亦不負風憲尊賢崇化之心，學校幸甚！

（《仁山先生金文安公文集》卷五，清雍正九年東藕堂刻本）

逸事六則

傳道白雲

金華許謙聞先生講道蘭江上，委己而學焉。先生曰：「士之爲學者，若五味之在和，醯鹽既加，酸鹹頓異。子來見我已三日，而猶夫人也，豈吾之學無以感發於子耶？」謙聞之惕然。時先生年七十，而謙年三十有一矣。先生嘗告之曰：「吾儒之學，理一而分殊。理不患其不一，所難者分殊耳。」謙由是致其辨于分之殊，而要其歸于理之一。又曰：「聖人之道，中而已矣。」謙由是事事求夫中者而用之，居數年，盡得其所傳之奥。

（《仁山先生金文安公文集》卷五，清雍正九年東藕堂刻本）

仁山先生故宅

在純孝鄉十四都桐山。按：公産于上金，距祖族桐山二里許。後講學于仁山之下，因稱仁山先生。

（《仁山先生金文安公文集》卷五，清雍正九年東藕堂刻本）

仁山書堂

與道峰山相對，先生中年所築。北山何文定公爲書其扁，曰仁山書堂，學者往往受業于是。先生晚年寢疾，白雲許先生自金華草屨徒行，冒雪來此問學。今堂廢壞，人猶稱其地曰學堂云。

（《仁山先生金文安公文集》卷五，清雍正九年東藕堂刻本）

講道齋芳

齊芳書院，在柱竿山之陽。金仁山先生常講道于此，爲唐良驥德之建以延先生者，其弟良知、良史、良瑞皆學于是。而良瑞號石泉，尤知名，嘗取仁山所編《濂洛風雅》，分類例板行于世，良瑞爲序其首。

（《仁山先生金文安公文集》卷五，清雍正九年東藕堂刻本）

書彩衣堂

柱竿山之陽，鄉人范寵所作以悦親者，仁山爲書其扁。今四百餘年矣，堂廢扁存。

（《仁山先生金文安公文集》卷五，清雍正九年東藕堂刻本）

重樂精舍

縣西北四十里，葉克成居士築室以延仁山先生，而白雲許先生來就焉。仁山親爲扁其室，曰重樂精舍。道傳柳先生過訪詩云：「山高殘雪凍雲根，笋轎咿啞村復村。莫道山中無樂事，梅花澗水日黄昏。」其詩書于五星廟壁，字如碗大，筆法遒勁，四百餘年，今猶在廟前壁不壞，似有神靈護之者。

（《仁山先生金文安公文集》卷五，清雍正九年東藕堂刻本）

附録三　序跋提要附題贈、記咏、書啓等

金吉甫管見

王　柏

寶祐甲寅立冬日，蘭溪金吉甫來訪，以《讀論語管見》一編示予。觀其立説，則曰：「凡有得於《集注》言意之外者則書。」予竊惑焉。夫孟子之所謂自得，欲自然得於深造之餘，而無强探力索之病，非爲脱落先儒之説，必有超然獨立之見也。舉世誤認自得之意，紛紛新奇之論，爲害不小。且《集注》之書，雖曰開示後學爲甚明，其間包含無窮之味，益玩而益深，求之於言意之内，尚未能得其髣髴，而欲求於言意之外，可乎？此編儘有見處，正宜用力。奉以歸之，不敢有隱。苟能俛焉孶孶，沈潛涵泳於《集注》之内，它日必有驗予之言矣。

（《王文獻公文集》卷九，《續金華叢書》本）

仁山金先生文集序

潘　府

道窮天地，無止息也。或明焉晦焉，行與不行焉，存乎其人爾。孔孟大聖賢也，故斯道之

傳，至是大明，如日中天，不可尚已。是後寥廖，歷千五百載，而程子兄弟者出，雖復煥然一明於世，時東南學者猶未盛傳也。然幸聖門言游首稱文學於吴，此脉之傳已開源矣。程門楊中立載道而南，以授羅仲素、李愿中，此脉之傳又濬流矣。朱子因之以接二程之傳，而東南一脉益汪洋浩大矣。

若吾鄉金華之何子恭、王會之、金吉甫、許益之，則又朱門黄直卿授之也。之數公者，雖見道分明不如程之大，析理毫芒不及朱之精，然於宋元衰季之世，咸能因人心之固有者，昭揭斯道於塵迷波蕩之中，而激昂奮勵之，務期當時學者一趨於正而後已焉。蓋皆以人心不死，天理常存，此道一日無止息，而名教不可一日不維持也。由是論之，黄直卿可方楊中立，何、王、金、許宜與羅、李相當也。厥後因之以接朱子之傳者，亦豈無其人乎？

今之《仁山集》，即金氏遺書也。金華四氏，獨仁山著述最富有，曰《尚書表注》，曰《大學疏義》，曰《論孟集注考證》，曰《通鑑前編》，皆多裨來學。而此集特雜録爾，然其形諸詩辭，發諸講義，亦未嘗或離乎道而苟作焉者，惜乎湮没於世久矣。里後學東湖董遵得諸其家，因編校是集，而亟圖表章之，遂以序見屬，其亦仁山之靈啓之哉！正德戊辰歲二月朔旦，後學南山潘府敬書。

（《仁山金先生文集》卷首，清雍正三年春暉堂刻本）

題仁山先生文集後

章品

我蘭谿在宋，實多先哲，若范相國文肅公鍾、范賢良先生浚、邵今按：原誤作「群」。奉祀困、應開州鏞，皆有著述，發明聖經，遵崇心學。至仁山先生金文安公履祥，得金華北山何文定公基、魯齋先生王文憲公柏之傳，造詣益深，著述最富，又得白雲先生許文懿公謙傳其學，故當時號吾婺爲小鄒魯，以有東萊吕成公祖謙倡導于前，諸先生承繼于後，可謂盛矣。

仁山先生之著述，具在國朝《大全》者，固萬世而不可泯，至其遺文故稿，片言隻字，流落鄉邦者，迄今二百餘年，猶有存者。豈非以吾道命脉，人皆知所愛護，人心天理，人皆知所珍重，故能不以生而存，不以死而亡也與！先生之學，淵源所自，雖有得于何、王二先生，然其造詣之精深，見識之超卓，亦未必無出于師傳之外者。其見道，其析理，于程朱之學，殆未可以輕議之也。

吾友董道卿得先生遺文二册，上虞潘孔修既爲之序，又自溧陽寄予留都，復囑爲之跋。品捧誦再四，欽仰文辭高古，議論正大，無非寓道之言。及讀柳太常之《行狀》，又知先生祠于學宫，雖當時公議之不容廢，亦禮部吴先生正傳與有崇重之力焉。道卿表彰先生遺文之心，與吴禮部之心蓋異世而同符者。嗚呼！人亡而其言不亡，世遠而舊學猶在，斯文一脉之親，其可誣哉！

（《仁山先生金文安公文集》卷五，清雍正九年東藕堂刻本）

題仁山先生文集後

董　遵

右《仁山先生金文安公文集》五卷，實遵所編校者。嘗考柳文肅公狀，先生所著雜詩文若干卷，藏于家，有曰《昨非存稿》《仁山新稿》《仁山亂稿》《仁山噫稿》，皆先生自題。及考禮部吴公題先生手筆册，謂其子孫不能有，此册乃鄉人何謹仁所藏。噫！先生文字散落久矣無聞，乃者遵於禮部裔孫家借觀遺書，偶見所謂先生手筆册者一編，亟求録之，亦非前稿全書也。又嘗閲鄉賢諸集，間載先生之詩之文，得若干首，并有及於先生者若狀、若挽、若序、若書、若詩若干首，總曰《仁山文集》。上虞潘孔修既爲之序，香溪章廷式復爲跋之，遵恒欲詮次以傳學者，乃未及也。今調官海外，間取而校之，第爲五卷，其一、其二、其三、其四皆先生所自作，其五則附録諸公爲先生而作者。書成，識此於集後，見是集之顛末云爾。若夫先生道學師友之淵源，則固有前輩成語在，覽者詳之。

（《仁山先生金文安公文集》卷五，清雍正九年東藕堂刻本）

仁山金先生文集序

金弘勳

勉齋黄文肅公，以朱子之傳授之何、王、金、許四先生，史稱爲朱子世適。顧何、王二先生，已自德祐初并謚贈。當宋元之交，祇仁山金先生久謝徵書，屏居金華山中，得白雲許先生，相與遞衍其傳。是何、王早逝，白雲晚出，其不至中斷者，尤以仁山先生也。先生先事魯齋，因魯齋以事北山。當時有謂：北山似尹今按：原作「伊」，改之。和靖，魯齋似謝上蔡，先生親得而并充之。亦善論人者矣。

先生多經史撰述，極留心於天地、兵田、禮樂、陰陽，略見之本傳中，世儒無從窺其奥，向使得行其志，出其平生所學，措之政事，則乾祐、淳熙之治，未必不可復也。及宋末襄樊師急，先生應時相聘，進奇策，歷歷可據以行，柄國不用，實爲可惜，然先生憂世立教，千古爲昭矣。史稱先生所著極廣，即《通鑑前編》一種，舉司馬文正、劉秘書紀事，折衷於《書》《詩》《禮》《春秋》，法戒深嚴，且不獲家有其書。今觀集中著述，講《易》則直窮羲畫，談理則嫡派新安，裁酌制度則有《深衣外傳》《吊服加麻》諸議，而證據古今，指畫形勢，則與趙明府言井田可行，及《中國山水總説》，俱非小儒淺學所能道隻字者。其他根柢之詞，經濟之術，體用具備，難更僕數，而要本於純粹以精之學，發爲篇章，學者尤不可不知也。

考先生遺集，出吴氏正傳所藏，爲《昨非存稿》《新稿》《亂稿》《噫稿》。幸里後學董君遵搜而編次之，亟爲表彰，一刻於正德朝，再刻於萬曆中，其不至泯没者賴是。而魯魚帝虎之誤，互見錯出，毋亦先生之所未慰歟？勳於庭訓之下，得聞緒論，素有志於先生之學，因求先生之集輯之。初得正德間寫本，旋又得萬曆時刻本，合校之，爲謀開雕。惜不能并購《表注》《疏義》暨合刻史編諸書，以廣其傳，而敬識其繙閲之大略如此。至於先生先後世系，則有枝山祝先生《金氏譜引》暨其裔孫所述《文安公纂略》，頗爲詳密，故并附録於後云。時雍正乙巳孟夏朔日，後學金弘勳書於婁東春暉堂。

（《仁山金先生文集》集前序，清雍正三年春暉堂刻本）

仁山先生文集序

馬日炳

我國家文教休明，隆重師儒，特行配享之典，命兩浙督撫大臣廣宣德化，纂修誌書，博采先儒遺文，以彰盛事。婺州素稱小鄒魯，名儒接踵，余來守是邦，延訪理學。如仁山先生居敬立志，繼王文憲之傳，分别理欲，接北山文定之學。蓋二先生之得統於朱子者，金氏有以演其脈，而孔孟之學賴以不墮，厥功懋哉！又再傳，而得白雲許先生，本師説，爲著述，與何、王相表裏，爲能推明洙泗之心傳，故人稱爲紫陽世嫡。

夫著書立説，以發明聖道者，前賢之功也；綱羅遺文，以傳之不朽者，後人之責也。在文定公，已有文集十卷，以及《學庸》《啓蒙》《通論今按：當作「通書」。》《近思録》諸篇，皆有《發揮》。至若文憲公所著之書，則有《讀易記》《涵古易説》《大象衍義》《涵古圖書》《文章指南》等書，凡數百卷，特其文多放佚，未能彙成全集，心甚惜之。雍正己酉，文安公之後裔孔時出其家藏手録之書，得《大學疏義》《論孟考證》及文集五卷，鋟板行世。而猶以未睹許文懿公之書爲歉，因竭力搜羅，幸獲文集四卷，質諸何、王、金氏之言，文異而道同，皆所以接紫陽之踵，演洙泗之派，如百谷之朝宗於海，所謂滴滴歸源者也。因以兩先生之書彙成一集，以副聖天子崇儒重道之至意，以見配享兩廡之有由，且可以識正學之有宗，而朱陸異同之辨，亦瞭若指掌。異日倘得並集何、王二先生之書，與此合爲全集，於以紹前賢而啓後學，余更有望於有心斯道者！是爲序。

時雍正十年五月上浣，中憲大夫知金華府事襄平馬日炳撰。

（《仁山先生金文安公文集》卷首，清雍正九年東藕堂刻本）

重刻金仁山先生文集序

王崇炳

金華藕塘金太學孔時，仁山先生十八世孫也。平日收録先生遺書，若《大學疏義》《論孟考證》，既梓而布之矣，又有文集四卷，屬予較訂。予爲之次其編帖，政其訛誤，與其錯簡重出，而更定之，蓋將以次授梓。噫！金氏之子孫多矣，而孔時獨能如此，真不愧仁山賢裔矣！

先生文稿凡四種，聚而散，散而復聚者凡數次。其初輯而付之其家者，門人許白雲先生、柳文肅公也。其次購而藏之者，吴禮部也。又其次之萃散補遺而傳之者，東湖董道卿先生也。今於東湖原本之外，搜補遺脱而彙集之者，蘭谿章藜照也。諸先生於仁山非後裔也，重其文，惟恐失之，若家寶然。凡以性命之傳，一脉相貫，不膠而合，劈之不開，視其人如親授受於一堂，視其文如出之己所欲言，其護而惜之，若手足之護頭目。噫！觀諸先生如此，况爲仁山之子孫者乎？

仁山先生於彌留之際，他事無所囑，惓惓以遺文爲念。則凡爲子孫者，崇其祠，厚其饗，不如傳其文爲繼志之大。噫！若孔時者，真可謂能繼志矣！

先生之德行，諸先進道之詳且盡，無待復贅，而予居然叙于首簡，非爲先生序，序孔時也。且非但序孔時，凡欲爲五賢之子孫者，皆如孔時。又非但五賢子孫，更有望於婺中之後學，有能如吴禮部、董東湖者，各出其貲力，使五先生之文燦然盡見於一世，是則私心所重望也。一國之人才猶黍苗也，先賢之緒言猶和風甘雨也。和風甘雨作于上，則黍苗勃然興起。鐘鏞笙管，雜奏並作，則必有起舞而登場者。予老且朽，尚拭目俟之。

時雍正辛亥歲孟春，東陽後學王崇炳撰。

（《仁山先生文集》卷首，《金華叢書》本）

仁山集序

胡鳳丹

宋儒多言性命之學，故兼通經史者恒不多。覯其或湛深經史，又好爲放言高論，妄逞私臆，於古聖賢相刺謬，則其學不純，而其散見於文者，卒不免後人之訾議。余讀《仁山先生集》而有異焉。

先生幼慧，父兄授之讀，即能記誦。比長，深慕濂洛之傳，益自策勵，事同郡王文憲公。文憲好高務異，先生從之，而一軌於正，且私淑何北山，所造益邃。當宋末，兵戈四起，攜眷隱萬山中，往往饔飧不繼，抱一編以自娱，絶意進取。元德祐初今按：刻本誤。，詔起爲史館編校，辭弗就。會襄樊被圍，上牽制擣虚之策，不戰而圍解，且叙海島之難易遠近，舟舶所經，歷歷如繪，非章句之儒所能道其隻字。其著録者，經有《大學疏義》《論孟考證》《尚書表注》等書，史有《通鑑前編》，皆寄栖巖阿時著，深足以見聖賢之心，而大足以揭帝王之要。蓋不徒以追逐風月，怡情嘯咏，爲畢生能事已也。嗚呼！先生恬退之風，可以法矣。

按我朝《四庫書目》，先生集六卷。是編雍正朝先生十八世孫律重刻於家，首序者東陽王崇炳，依明弘治間董道卿大令所編文三卷、詩一卷、附録一卷，末附柳文肅所撰《行狀》。文肅，先生高弟子，祇云雜詩文若干卷，而卷數莫考，均非曩日全書。余復重鋟之，俾讀是集者知先生經史之學具有根柢，非空談性命者可等論而齊觀也。

同治十三年歲次甲戌，春三月，永康胡鳳丹月樵甫叙。

（《仁山先生金文安公文集》卷首，《金華叢書》本）

通鑑前編表

鄭允中

言臣采録到金華儒士金履祥撰次《通鑑前編》十八卷、《舉要》二卷，官爲鋟梓，裝褫成二十册，隨表上進者。

伏以帝王之制，坦然明白。幸往聖方册之具存，日月所照，莫不尊親。矧昭代車書之盛際，欲仰贊緝熙之學，顧下采謏聞之言，如螢爝謾附於大明，而蹄涔何增於鉅海？深懷懇悃，祇重震兢。臣誠恐誠惶，頓首頓首。

竊惟左史書事，右史書言，自昔紀載之難備；前王爲律，後王爲令，歷代因革之異宜。學者將博古以明經，史官必表年以始事。惟敬王威烈之會，實春秋、戰國之交，爰有《外紀》《大事記》之書，以正《史記》紀傳等之闕。若筆削盡宗乎孔聖，則修纂必始乎陶唐。蓋正次王，王次春，首植綱常之大本；而事繫時，時繫年，以示述作之弘規。本《春秋》以折衷，推甲辰而謹始。耻稗官之駁雜，黜《汲冢》之誕誣。有臣履祥，當宋景定，研精於甕牖繩樞之隙，待用於金匱石室之藏。考摭近二千年，彙次爲十八卷。庶幾三代以降之理亂，若罔在綱；一元以後之乘除，如指諸掌。爲萬世之龜鑑，表百篇之範模。旁及諸書，庸伺博識。倘遂芻蕘之采，不孤芹曝之忠。

兹蓋欽遇皇帝陛下，曆數在躬，文思稽古。宏闡圖書之府，廣延帷幄之儒。每機務得遂於燕閒，而聖睿猶資於啓沃。學於古訓，雖寸陰克慎於淵衷；欽乃攸司，俾百辟咸遵乎成憲。是以發號施令，克廣好生之仁；立政任人，深得詒謀之道。至如庸劣，亦被簡知。本乏六譽周原之才，欲訪束帛丘園之士。冀仰裨於政理，以效報於涓埃。蓋問俗莫重於舉賢，而著書貴先乎立教。俯賜容光之照，少酬繼晷之勞。使寒士咸鼓舞於《菁莪》，知下才不棄捐於《棫樸》。家求遺藁，曾無司馬《封禪》之書；人誦《法言》，誰知有子雲《太玄》之易。謹表上進以聞。臣下情無任不勝瞻天樂聖、激切屏營之至，謹言。

（《通鑑前編》卷首，元天曆元年刻、明遞修本）

通鑑前編序

許謙

《通鑑前編》者，仁山先生之所著也。先生姓金氏，諱履祥，字吉甫，婺州蘭溪人。自言世本項氏，其先項伯入漢，以恩賜姓曰劉。暨五季吴越有國，避武肅王嫌名，從文更爲金氏。

先生幼知嚮方，長而好學，天文地形、禮樂刑法、田乘兵謀、陰陽律曆之書，靡不畢究。及壯，事文憲王先生柏，從登文定何先生基之門，講貫愈精，造詣益邃。何先生蓋受業於黄文肅公榦，文肅公則朱子之高第弟子也。先生嘗一舉進士，不利，遂絶意進取，以布衣游諸公間，率以文義相處。當宋季年，睹國勢阽危，慨然欲以奇策匡濟，爲在位所沮，議格弗上。其語秘不傳，然當時計畫之士咸嘆其策不用。德祐初，以迪功郎召，解巾褐入史館編校，蓋將漸進用之，而國已不可爲矣。中年以來，遺落世務，築居仁山之下，顓以講學著書爲事，訓誘學者，諄諄不倦，言論風指，皆可誦法。

先生神勁而清，氣候明潔。平居獨處，終日儼然，至與物接，則盎然和懌，閨門之内，相敬如賓。生平篤於分義，有故人子坐事，母子俱繫奚官，其後分配爲隸，子母不相知生死者垂十年，先生傾貲營購，卒贖以完。其子後貴，先生終不自言，相見勞問辛苦而已，聞者莫不嘆息。方從王先生時，與同舍生夜步庭中，指謂之曰某星入某次，某分野當有某變，已而果然。鄆人李某者，嘗侍坐於先生，言次及其鄉里，先生因歷歷爲言其山川、風土、物産之宜，如指諸掌，某大驚服。先生之於學，其精博類如此。所著述有《書表注》《論語孟子集注考證》《大學章句疏義》，行於世。文集如干卷，藏於家。

先生嘗謂司馬文正公作《資治通鑑》，祕書丞劉恕作《外紀》以記前事，顧其志不本於經，而信百家之説，是非既繆於聖人，此不足以傳信。自帝堯以前，不經夫子所定，固野而難質。夫子因魯史以作《春秋》，始於魯隱之元，實周平王之四十九年也。然王朝列國之事，非有玉帛之使，則魯史不得而書，非聖人筆削之所加。况左氏所記，或闕或誣。凡若此類，皆不得以辟經爲辭。迺用邵氏《皇極經世》曆、胡氏《皇王大紀》之例，損益折衷，一以《尚書》爲主，下及《詩》《禮》《春秋》，旁採舊史諸子，表年繫事，復加訓釋，斷自唐堯，以下接于《通鑑》之前，勒爲一書，名曰《通鑑前編》。凡十有八卷，《舉要》二卷。既成，以授門人許謙，曰：「二帝三王之盛，其徽言懿行，宜後王所當法。戰國申商之術，其苛法亂政，亦後王所當戒。自周威烈王二十三年以後，司馬公既已論次，而春秋以前，迄無編年之書，故是編不可以不著也。」

先生之殁，今二十有五年矣。是書雖存世，亦莫能知者。謙永懷夙昔之話言，獨抱遺編而太息。門人御史臺都事汝南郭炯爲南臺御史日，嘗欲刊行是書，有志而未果。今肅政廉訪使平陽鄭公允中，爰始解驂，聿崇正學，尚論格人，章明善道，載閱是編，三復嘉嘆，謂宜立於學官，傳之後世。迺詢之監憲左吉公，亦克欣贊，曁僚列賓佐，罔不協從。亟命有司，鋟諸文梓，共捐秩禄，以佐其費。厥功告備，將表上送官，而命謙爲之序。

謙深惟先生以高明之學，負經濟之才，生於季末，道不克用，暨運啓休明，則年既老矣。其所著述，間已獲行於世，惟是編之作，廣博精密，凡帝王經世之大猷，聖賢傳道之微旨，具在是矣。或者得以充延閣之儲，備乙夜之覽，庶幾發揮聖學，啓沃淵衷，裨國家稽古之治，爲生民無窮之澤，則先生爲不朽矣。謙不佞，不足以明先生之心，發盛德之藴，敢纂録先生行事之大略，以標諸卷首。若夫著作之意，則已備於先生所自序，兹不詳述。天曆元年十有二月庚子，門人金華許謙謹序。

（《通鑑前編》卷首，元天曆元年刻、明遞修本）

書重刊通鑑前編後

黄仲昭

歷代諸史，簡帙浩繁，學者苦難遍讀。至宋司馬温公，乃易紀傳爲編年，纂輯《資治通鑑》一書，以便後學，然讀者猶或病其太詳也，子朱子遂取其書，别立義例，檃括增損，以作《綱目》，於是乎繁簡始適其中矣。第温公《通鑑》以《尚書》《春秋》在前，嫌於僭經，既不敢紀唐虞三代之政，又不敢接《春秋》獲麟之後，斷自周威烈王之二十三年爲始，而朱子《綱目》亦因之。肆由春秋而泝於唐虞，其間治化之隆替，世道之升降，人才之盛衰，政事之得失，未有會稡而歸于一者，學者於此猶不能無遺憾也。

仁山金先生，乃以邵子《皇極經世》爲據，昉自帝堯元載，而下接于《通鑑》。凡歷代事蹟散見於經傳子史者，悉采擇去取，或加論辨，粹爲一書，名曰《通鑑前編》。其體則略倣温公《通鑑》，其用意則亦朱子《綱目》之法也。近世名卿有謂《春秋》《綱目》之作，皆以傷二帝三王之道不行於世也，是編用《春秋》《綱目》之法，乃比二帝三王之事而書之，且以接於《綱目》之前，是無《春秋》矣，以是而深疑其不可。先生前後所自序論之已詳，予何足以知之？然竊以爲史書之作，所以紀政事而昭監戒也。自《綱目》之外，求其去取精審，論辨明正者，無如是編，其有益於學者不少，又豈特便於觀覽而已哉！

予督學江右，僭爲諸生折衷讀史之法，斷以《綱目》爲主，而以是編及我朝所修《續編綱目》，以足其前後歷代事蹟。學者從事於此，則宇宙間切務吾儒所當知者，可以盡得於己，推以應天下之事，將沛然而不窮矣。諸生以艱得是書爲言，予因假同寅洪君宣之所得南雍刻本，分命列郡，翻梓以傳，而并識區區之見云。

（《未軒公文集》卷四，明嘉靖三十四年黄希白刻、清雍正增修本）

元槧通鑑前編跋

陸心源

《通鑑前編》三十卷、《舉要》三卷，次行題：「金履祥編。」前有許謙《序》、浙江道肅政廉訪使鄭允中《進通鑑前編表》。《表》不署名，以許白雲《序》考得之。卷末有「門人御史臺都事汝南郭炯校正」、「門人金華許謙校正」兩行。每頁二十行，每行二十二字，小字雙行，版心有字數及刊工姓名，元刊元印本。

是書集經傳史子之文，按年編次，曰《通鑑》；每年各爲表題，曰《舉要》。雖名《通鑑》，實仿《綱目》之例，惟《舉要》低三格，《通鑑》皆頂格，此則小變乎涑水、紫陽之例者也。或謂《舉要》即《通鑑》中之綱，何必別爲一書？不知《舉要》三卷，專爲注明每條出處而作。如「帝堯甲辰元載，乃命羲和」，注曰：「邵氏《經世》曆、漢晋《天文志》、《春秋文耀鈎》、《尚書》修。」「二載，定閏法」，注曰：「用《尚書》、朱子《小傳》修。」餘皆仿此。明人重刊，不刻《舉要》，豈以《舉要》爲重複乎？大失作者本旨矣。或謂舉要、通鑑、訓釋，三者錯出其間，始于明人重刻者，良由未見《舉要》，亦未見元刻耳。

卷中有「徐子宇」白文方印、「婁江世家」朱文方印、「製書傳後」朱文方印、「子孫寶之」朱文方印、「輔生堂」朱文長印。

（《儀顧堂續跋》卷六，清同治、光緒間刻《潛園總集》本）

通鑑前編舉要新書序

戴　良

《通鑑前編舉要新書》二卷，余友陳子經所述。子經名桱，四明人。祖、父俱以史學名家，至子經，蓋三世矣。子經内承家訓，而外私淑慈溪黄氏之教，故學問早成，流輩莫敢與並者。中年以來，遂斐然以著述爲己任，則謂：司馬文正公作《資治通鑑》，斷自周威烈王，訖于五代。而金文安公作《通鑑前編》以紀其前事，蓋用邵氏《皇極經世》曆、胡氏《皇王大紀》之例，其年代始陶唐氏。而陶唐之前、五代之後，咸未有所論次，乃以盤古氏、高辛氏、契丹阿保機，至周亡宋有國，至我元，合之爲二十四卷，名之曰《通鑑續編》，庶幾上補金氏之所曠，下接司馬氏之所缺，而開闢以來至于今，上下數千年間，其致治之本與夫爲治之道，歷歷可見。

一日，平江守海陵馬君謂：子經是編，固所以續司馬氏、金氏之未備，然司馬氏《通鑑》，乃家有其書，而金氏《前編》，則鮮有也。且其著作之體大義著於題，而著之所取則《尚書》《左氏》爲多。《尚書》《左氏》，學士大夫孰不誦而習也，今若舉其題之要，略其注之繁，因以舊名而删正之，使與《續編》並傳於世，不亦可乎？况金氏之《自序》有言：「後之君子，或以余之所編，删之爲《前紀》，是尚區區之望也。」則是書之述，豈非金氏之遺意也哉？然非博而能精如子經者，亦孰能與於此也！於是子經早夜一心，揆其指意所出，詳略之際，以論著于篇。先是馬君居省幕時，嘗以子經《續編》鋟諸梓矣。及是書之成，復將刻而廣之，不鄙謂余生乎金氏之鄉，且嘗托交子經，粗知述作之大致，俾序其説，標諸篇首焉。

余竊聞之，紀事莫如《書》，亦莫如《春秋》，古史之體可見者，此二書而已。而二書所載是非得失、興壞理亂之故，其事至博，然其爲言，不過如此而止，可謂得其要矣。其言要，故學者不可不盡心；能盡心，然後能自得之，揚子雲所謂「知言之要」者是已。然而此二書也，蓋嘗經乎聖人之手，所以由聖人之後，歷千百年，未有能幾乎此者也。至漢太史公，乃始倣《書》爲《史記》，宋文正公又倣《春秋》爲《通鑑》。蓋《史記》則每事别紀，以具其事之始末；《通鑑》則編年通紀，以見其事之先後，皆可謂傑出之材矣。然其義例或繆於聖人，而且編次太詳，學者不能閲之而終篇，於是紫陽朱子復取而删之，爲《綱目》若干卷。其立言嚴而正，簡而要，蓋純乎《春秋》之法矣。則聖人之後，不失古史之體者，惟《綱目》一書近之。今夫子經所述，豈非得乎《綱目》之指歸者乎？近時賢士大夫，多有取乎其書，豈徒然哉！然而覩是書者，非深得夫朱子之意，則亦不足以知子經之功也。馬君於治政之暇，而能崇奬正學，章明善道，上以裨國家稽古之治，下以基生民無窮之福，則其爲功亦豈在子經後哉！序而歸之，余固不得而苟辭也。

（《九靈山房集》卷十二《吴游稿》，《四部叢刊》景明正統本）

題通鑑前編舉要新書

楊士奇

《通鑑前編舉要新書》，婺金履祥編，四明陳桱舉要。起唐堯，以下接乎《綱目》。其體則編年，其事則《易》《書》《詩》《春秋》，其文則兼孔子《春秋》、朱子《綱目》之法也。刻在蘇州郡學，余家一册，録於中書舍人朱季寧。蓋讀之竊有惑焉。

孔子傷周東遷之後，堯、舜、禹、湯、文、武之道不行，上失其所以爲君，下失其所以爲臣，彝倫斁而天下亂，故作《春秋》，以正君臣、父子、尊卑、内外之分，以明堯、舜、禹、湯、文、武之道。向使二百四十二年之間，堯、舜、禹、湯、文、武之道行焉，《春秋》之書無作矣。春秋之後，降爲戰國，爲秦漢，以至乎隋唐、五代，其爲斁且亂益甚。朱子傚《春秋》作《綱目》，亦孔子之意也。向使戰國至于五代，堯、舜、禹、湯、文、武之道行焉，《綱目》之書無作矣。故《春秋》《綱目》之作，皆以傷堯、舜、禹、湯、文、武之道不行於世也。

《新書》用《春秋》《綱目》之法，乃比堯、舜、禹、湯、文、武之事而書之，果可乎哉？《綱目》者，繼《春秋》而作。以《新書》接《綱目》之前，是無《春秋》矣，其又可乎？或曰：此書簡要，便於學者。夫簡便者，常情之所趍。趍彼者，必舍此。使人皆求之《新書》之簡且便，將舍《易》《書》《春秋》不講，卒不知聖人之所以爲訓，可乎？不可也。此皆余之所惑而不能通者，願有質焉。

（《東里文集》卷十，明嘉靖二十九年刻本）

尚書表注序

諸錦

《尚書表注》者，仁山先生晚年掇要論定之書也。按：先生先有《尚書注》十二卷，今無其書。柳文肅撰先生《行狀》云：「早歲注《尚書》，章辨句解，既成書矣，一日超然自悟，擺脱衆説，獨抱遺經」，「正句畫段，提其章指與其義理之微，事爲之概，考正文字之誤，表諸四闌之外。」是知《表注》者，即更定十二卷而名之者也。

夫《尚書》，帝王授受之心法在焉，經世之大範在焉，非櫛比句讀，箋疏名物者可比。日月之所以行，山川之所以奠，堯、舜、禹、湯、文、武之所以建極，九族百姓、萬邦黎民之所以致治，漸被暨訖，鳥獸魚鼈咸若，庶艸蕃廡之所以各遂其生，而其心法治法之要，則以「允執厥中」一語盡之。讀《書》者，因此而尋其脈絡，求其義例，繹其指歸，典、謨、訓、誥、命、誓之作，爛若星羅，瞭如指掌。注者注此者也，《表注》者亦表此注者也。至夫古今文體之澀易，序文時代之後先，《梓材》《召誥》之錯簡，《泰誓》《武成》之贋作，則夫人而能辨之矣。

昔者先生與王魯齋同受業於何文定之門矣，後更學於魯齋。魯齋之序《書疑》也，曰：

「先儒篤信好古，以爲觀《書》不可以脱簡疑經，如此則經盡可疑，先王之經，無復存者。後生爲學，所當確守先儒之訓，何敢疑先王經也」，「所疑者，非疑先王之經，疑伏生口授之經也。」是魯齋之説也。先生推本父師之説，信其所可信，而不疑其所不必疑，抉經之心，執聖之權，引據精確，有裨《蔡傳》。是書也，即以爲九峰之益友也可矣！

時乾隆元年歲次柔兆執徐，畢辜之月甲午朔，越七日，後學秀水諸錦拜序。

（《尚書表注》卷首，清乾隆二年婺東藕塘賢祠刻本）

重刻尚書表注序

胡鳳丹

金仁山先生，生宋之季世，德祐初，以史館編修召，不赴，入元隱居教授以終。《易》曰：「不事王侯，高尚其志。」先生有焉。早歲著有《尚書注》十二卷，今不傳。是卷鈔自《通志堂經解》中，其晚年手定本也。書中正句畫段，而於每頁之上下左右，縱横標識，秩然若綱之在綱。噫！先生之於是書，豈第注焉已哉！蓋將舉二帝三王之道，與夫典、謨、訓、誥、誓、命之奥旨微言，而以注之者，表之也。故先生之功在注釋，而先生之志在表章。以視抱經硜硜，索解於章句之末者，其相去爲何如耶？

本朝《四庫書目提要》稱其參考異同，非盡無據，至於過爲高論，求異先儒，不無瑜不掩瑕之處。則在善讀者之以意逆志，而毋刻舟以求也。是又余之所厚望也夫！

同治八年冬十一月，同郡後學胡鳳丹月樵甫謹序。

（《尚書表注》卷首，《金華叢書》本）

尚書表注題誌

顧 湄

歲癸亥夏五，予在毗陵得金仁山先生《尚書表注》。比藏書家多欲借抄，予寶愛是書，恐紙墨刓敝，因手抄二帙，以廣其傳，今崑山所刻者是也。近薄游婺州，訪求先生遺書不得，後見柳文肅貫所撰先生《行狀》云：「早歲所注《尚書》，章釋句解，既成書矣，一日超然自悟，擺脱衆説，獨抱遺經，復讀玩味，則其節目明整，脈絡通貫，其枝葉與訛謬，一一易見。因推本父師之意，正句畫段，其章旨與其義理之微，事爲之概，考證字文之訛，表諸四闌之外，曰《尚書表注》。」并得先生自叙一篇，録置卷首，復補其原叙缺頁，且原其作書之旨。先生得朱子之宗傳，加以精究潛思，删繁就質，嘗自云：「解至後卷，即覺前義之淺。」蓋殫畢生之力以成之者也。今錫山秦氏、崑山徐氏皆藏先生《尚書注》十二卷，予嘗見之，即早歲之書，非定本也。顧世未見《表注》真本，即以是爲《表注》，謬矣。先生生于宋紹定壬辰，卒于元大德癸卯。是書刻于宋末元初，尚避宋諱，可徵也。丙寅三月望日，太倉後學顧湄誌于金華之密印寺樓。

（《尚書表注》，宋末元初建安刻本）

尚書表注題識

周　春

乾隆壬子孟冬，購得《尚書表注》，爲顧伊人所藏本，後歸吾邑花山馬氏道古樓，馬氏售於武林吴氏瓶花齋，即此書也。何義門謂書有殘缺，顧伊人意爲補全，未可盡信。細校此書，方知意爲補全之處，且與通志堂刊本微有異同。案：《仁山先生集》有《尚書表注序》，而伊人抄補之序，亦復删節不全，今並存之。近時婺郡以通志堂本重刻，版様縮小，以致標題位置多訛，又缺其下方，大非表諸四闌外式矣。松靄周春記。

（《尚書表注》，宋末元初建安刻本）

重刊金仁山先生尚書注序

陸心源

仁山先生著述，見于柳待制所撰《行狀》者，《尚書表注》《大學疏義》《論語集注考證》《孟子集注考證》《通鑑前編》《通鑑前編舉要》《昨非存稾》《仁山新稿》《仁山亂藁》《仁山噫藁》等書。《尚書注》十二卷，則無明文，惟云「先生早歲所注《尚書》，章釋句解，已成書矣」云云，當即是書，蓋先生少作也。元明以來，流傳甚罕，《四庫書目》及《揅經室外集》皆未著録，常熟張氏金吾《藏書志》祇載殘本六卷。聞無錫秦文恭家有全書，余求之數年而未見。同治十年，被命赴閩，公餘之暇，與祥符周季貺太守蒐訪遺書，乃從福州陳氏得之，卷中有秦蕙田印，知即秦氏舊藏也。抄帙流傳，譌奪甚夥，爰爲校正，付之梓人，而序其端曰：

經之古莫如《書》，經之不可信者亦莫如《書》。孟子已言之矣，何論孔傳古文出于東晋航頭，《舜典》出于蕭齊乎？然二帝三王之大經大法，微言奥義，胥于是乎在。學者不欲聞唐虞、三代之道則已，苟欲聞唐虞、三代之道，舍是將何由？先生爲朱子四傳弟子，直接紫陽之緒，其學以由博返約爲主，不爲性理之空談，經史皆有撰述。《尚書》則用功尤深，《表注》一書，爲一生精力所萃。是書即《表注》之權輿，訓釋詳明，頗多創解。如以「血流標杵」之「杵」爲「鹵」，訓爲血流地濕。以「大卞」之「卞」爲「弁」，「弁」有端拱之義，訓爲禮。雖若近于新奇，實不悖于古訓，與後世之穿鑿附會者異矣。自若璩閻氏著《尚書古文疏證》，學者多斥古文而崇今文，發其端者，宋吴氏《書裨傳》、王氏《書疑》也。先生受業于王氏，而不掊擊古文，蓋猶守紫陽之遺訓焉。

光緒五年歲在屠維單閼陽月，歸安陸心源序。

（《書經注》卷首，《十萬卷樓叢書》本）

書經金氏注題識

陸心源

仁山先生《尚書注》傳本絶少，昭文張氏僅有殘本六卷，聞錫山秦文恭家有完本，遍訪江浙藏書家，不可得。今夏，獲見于周季貺太守許，蓋嘉慶中秦氏書散出，爲前嘉善縣知縣陳蘭鄰所得，季貺又得于陳氏後人。亟借録副，而識其流傳源委于首端。同治癸酉季冬，存齋。余擬以原本付剞劂氏，稱以新抄本歸季貺插架。

（《書經金氏注》卷端，清陸氏十萬卷樓抄本）

論孟集注考證序

許　謙

古之聖人得其位，皆因時以制治。孔子酌百世之道，以淑天下，而其事主於教。孟軻氏推尊孔子，傳於後世，以迄於今。故《論語》《孟子》者，斯道之閫奥也。

繇漢而還，解之者率有不獲。至二程夫子，肇明厥旨，今散見於《遺書》。嗣時以後，諸儒所著，班班可考，然各以所見自守，有得有失，未有能搜抉融液，折諸理而一之者。子朱子深求聖心，貫綜百氏，作爲《集注》，竭生平之力，始集大成，誠萬世之絶學也。然其立言渾然，辭約意廣，往往讀之者或得其粗，而不能悉究其義。或一得之致，自以爲意出物表，曾不知初未離其範圍。凡世之詆訾混亂，務新奇以求名者，其弊正坐此。此《考證》所以不可無也。

先師之著是書，或檃栝其説，或演繹其簡妙，或攄其幽，發其粹，或補其古今名物之略，或引群言以證之。大而道德性命之精微，細而訓詁名義之弗可知者，本隱以之顯，求易而得難。吁！盡在此矣。蓋求孔孟之道者，不可不讀《論》《孟》；讀《論》《孟》者，不可不由《集注》。《集注》有《考證》，則精朱子之義，而孔孟之道章章乎人心矣。

謙自壯年，服膺師訓，即知讀朱子之書。其始三四讀，胸中自以爲洞然顯白，已而不能無惑。學之頗久，若徐有得焉，及即其書而觀之，乃覺其意初不與己異。學之愈久，自以爲有得者不遂止於一，而與鄙陋之見合者亦大異於初矣。由是知聖賢之言，理趣無窮；朱子之説，雋永當味。童而習之，白首不知其要領者何限！先師是書，亦憫夫世之不善學朱子之學者也。

《傳》曰：「仁者見之謂之仁，知者見之謂之知，百姓日用而不知，故君子之道鮮。」謙于是深有感焉。故翻閲群書，用加讎校，藏諸家，傳諸其徒。若好事君子能廣而傳之，是固謙之所望，亦先師之志云爾。

至順改元十月朔，門人許謙百拜謹書。

（《論孟集注考證》卷首，《金華叢書》本）

論孟集注考證序

李　桓

《論語》《孟子》之書，《六經》之外，聖賢之遺言皆在焉。自漢以來，儒者爲之訓解，專門名家者固已衆矣，微辭奥旨，猶或未著，蓋至於《集注》之作而始明。自朱子之有《集注》，而門人高第以及私淑之徒，又皆爲之疏義。蓋黄氏之《通釋》，祝氏之《附録》，蔡氏、趙氏之《集疏》《纂疏》相繼而出，極其旨趣而敷繹之，然至於《考證》之修而後備。

按：朱子之後，四傳而爲仁山金先生。先生承師友之淵源，博記廣聞，講貫真切，積其平日之所得，萃爲此書。其於《集注》也，推其意之未發，佐其力之不及，以簡質之文，達精深之義，而名物度數、古今實事之詳，一皆表其所出。後儒之説，可以爲之羽翼者，閒亦採摭而附入之。觀之時若不同，實則期乎至當，故先生嘗自謂朱子之忠臣。夫忠臣者，固不爲苟同，而其心豈欲背戾以求異哉？蓋將助之而已矣。斯則《考證》之修，所以有補於《集注》者也。

先生既殁三十有五年，得其學者，惟許謙益之。每以師説講於諸生，而藏其書於家，躬自讎正，以俟知者。其傳於時也，實自淛東憲司經歷張公而始。初，公既獲其書於許君，覽而善之，以爲不可以不傳，惟鋟諸梓，則其傳也廣而遠。婺學者，先生之鄉校也，既嘗刻其《通鑑前編》之書矣，因以畀郡侯管者思監，使并刻之。侯乃率其佐屬，割俸貲以共費，不足則繼之以學庫之羸，越三月而板成。

夫見善而知以爲善鮮矣，知其善，恐其泯没而不傳者爲尤鮮。不私諸己，汲汲焉思廣於人以爲務，孰能若是乎！繼自今以往，是書大行，學者讀而有得焉，皆公之賜也。公名仲誠，字信卿，爲人廉直剛正，敬尚儒術，而篤意於風化。凡事之害於學校者，必深疾而力去之，苟有益焉，又樂爲之如此。嗚呼！豈獨是書之幸，斯文之幸也。并志之，以爲序。

至元三年歲次丁丑，孟秋吉日，文學掾中山李桓謹序。

（陸心源《皕宋樓藏書志》卷十，清同治、光緒間刻《潛園總集》本）

論孟集注考證序

胡鳳丹

嘗讀《朱子年譜》，載先生當淳熙間，始編次《論孟集義》，復作《訓蒙口義》，嗣又約其精粹妙得本旨者爲《集注》，而疏其所以去取之意爲《或問》。故其《答孫敬甫》書云：「南康《論孟》，是後來所定本。」又云：「某於《論孟》，四十餘年理會，中間逐字稱等。」惟《集注》删改日益精密，而《或問》則不復釐正，間有不同，故讀者多以爲自相牴牾。

迨仁山先生作《論語集注考證》十卷、《孟子集注考證》七卷，與《論孟集注》並行于世。先生自跋其書曰：「古書之有注者必有疏，《論孟考證》即《集注》之疏也。」舉凡書中事跡之舛錯，名物之異同，山川都會之區，典要音義之訓，朱子所未詳者，靡不引經據史，博采諸子百家，考覈詳明，折衷至當。烏虖！自朱子《集注》出，而孔孟之心源遥遥若接，其有功於聖門甚鉅。而先生是書，補正朱子之所未備，其有功於朱子者，又豈淺尠哉！

余今春購獲是書，係元至治間校刊本。首序者，先生弟子許文懿。卷末有刊書跋，則吾邑吕遲也。自元至今，歷五六百年而流傳天壤間，猶不磨滅者，豈獨斯文之幸，抑亦余彙刻《叢書》之幸矣！梓既竟，遂撮其要旨，而爲之序。

同治十二年癸酉夏五月，永康後學胡鳳丹月樵甫序於鄂垣之退補齋。

（《論孟集注考證》卷首，《金華叢書》本）

論孟集注考證跋

吕　遲

右仁山先生《論孟考證》，所以繼文公之緒。惟益之許先生得其傳，以授後學。然抄寫不繕，而謬誤相承，尤非所以廣布也。憲幕張公特爲主盟，俾鳩工鋟梓，以便學者，屬愚董其役。於是許先生手自校證，點畫無訛，非特學者之多幸，亦斯文之多幸也！

古愚後學吕遲謹識。

（《論孟集注考證》卷首，《金華叢書》本）

通鑑前編提要

邵晋涵

《通鑑前編》十八卷、《舉要》三卷，元金履祥撰。柳貫作履祥《行狀》云：司馬文正作《資治通鑑》，繫年著代。秘書丞劉恕作《外紀》以記前事，顧其志不本于經，而信百家之説，不足傳信。乃用邵氏《皇極經世書》、胡氏《皇王大紀》之例，損益折衷，一以《尚書》爲主，下及《詩》《禮》《春秋》，旁采舊史諸子，表年繫事，復加訓釋，斷自唐堯，以下接於《資治通鑑》，勒爲一書。既成，以授門人許謙，曰：「二帝三王之盛，其微言懿行，後王所當法。戰國申韓之術，其苛法亂政，亦後王所當戒。自周威烈王二十三年以後，司馬公既已論次，而《春秋》以前，無編年之書，是編固不可莫之著也。」蓋履祥撰述之意如此。

履祥師事王柏，柏勇於疑經，履祥亦好持新説。如釋「桑土既蠶」，引後世所謂「桑間」爲證；釋「封十有二山，濬川」，謂營州當云「其山碣石，其川遼水」；以《篤公劉》《七月》二篇爲豳公當時之詩，非周公所追述，《七月》爲豳詩，《篤公劉》即爲《豳雅》，皆不免於臆斷。又用《尚書》記異，於周昭王二十二年書「釋氏生」，則其徵引群籍，去取有未盡當者。至繫年表事之時有牴牾，更無論矣。然此書援據既博，論古亦有特識。如解《國語》「十五王而文始平之」，謂自公劉數至文王；以《世本》爲據，而辨《史記·周本紀》稱后稷子爲不窋、曾孫爲公劉者殊誤；《春秋》書尹氏卒，即與隱公同歸於魯之鄭大夫尹氏，而不主《公》《穀》之説。其餘審定群説，多與經訓相發明，其用意之深，固非漫爲排比也。

履祥自撰《後序》，謂既編年表，例須表題，故别爲《舉要》三卷。而所引經傳子史之文，皆作大書，惟訓釋及案語用雙行小字，附綴於後，蓋避朱子《綱目》之體，而稍變《通鑑》之式也。後來浙江重刻本，列《舉要》爲綱，以經傳子史之文爲目，而訓釋仍錯出其間，非復本書之舊矣。或稱此書爲《通鑑綱目前編》，則因明南軒之書，而加之於履祥耳。

（《南江文鈔》卷十二，清道光十二年胡敬刻本）

《四庫全書總目》提要六則

尚書表注提要

《尚書表注》二卷（兩江總督採進本），宋金履祥撰。履祥字吉父今按：原誤作「人」，號仁山，蘭溪人。從學於王柏。德祐初，以史館編修召，不赴。入元，隱居教授以終。事蹟具《元史·儒學傳》。初，履祥作《尚書注》十二今按：原誤作「二十」。卷，柳貫所撰《行狀》稱「早歲所著《尚書》，章釋句解，已有成書」是也。朱彝尊《經義考》稱其尚存，今未之見。惟此書刻《通志堂經解》中，前有《自序》，稱：「擺脱衆説，獨抱遺經，伏讀玩味，爲之正句畫段，提其章旨與其義理之微，事爲之概，考正文字之誤，表諸四闌之外。」蓋其晚年定本也。

其書於每頁之上下、左右，細字標識，縱横錯落，初無行款，於古來注經之家别爲一體，大抵攟摭舊説，折衷己意，與蔡沈《集傳》頗有異同。其徵引伏氏、孔氏文字同異，亦確有根原。所列作書歲月，則與所作《通鑑前編》悉本胡宏《皇王大紀》，參考後先，雖未必一一盡確，然要非盡無據而作也。至於過爲高論，求異先儒，如欲以《康誥》之《叙》冠於《梓材》篇首，謂：「前爲『周公咸勤』之事，後即『洪大誥治』之文。『集庶邦』，則營東都，以均四方朝貢之道里今按：原誤作「理」。『先後迷民』，則所謂毖殷遷洛，以密邇王化。」其説甚辨。而於篇首「王曰封」三字，究無以解，因復謂「王」字當作「周公」，「封」字因上篇《酒誥》而衍，則未免於竄改經文以就己意矣。是則其瑜不掩瑕者也。

大學疏義提要

（《四庫全書總目》卷十一，清乾隆五十四年武英殿刻本）

《大學疏義》一卷（浙江巡撫採進本），宋金履祥撰。履祥有《尚書考注》，已著録。履祥籍隸蘭溪，於王柏爲同郡，故受業於王柏。然柏之學，詆毁聖經，乖方殊甚，履祥則謹嚴篤實，猶有朱子之遺。初，朱子定《大學章句》，復作《或問》以申明之。其後《章句》屢改，而《或問》不復改，故前後牴牾，學者猶有所疑。履祥因隨其章第，作《疏義》以暢其旨，並作《指義》一篇以括其要，柳貫嘗爲之序。朱彝尊《經義考》於二書皆注「未見」，但據《一齋書目》著於録。此本爲金氏裔孫所刊，蓋出於彝尊《經義考》之後。然僅存此《疏義》一卷，其《指義》及貫《序》則並佚之矣。書中依文銓解，多所闡發。蓋仁宗延祐以前，尚未復科舉之制，儒者多爲明經計，不爲程試計，故其言切實，與後來時文講義異也。

（《四庫全書總目》卷三十五，清乾隆五十四年武英殿刻本）

論語集注考證、孟子集注考證提要

《論語集注考證》十卷、《孟子集注考證》七卷（浙江巡撫採進本），宋金履祥撰。後有《自跋》，謂：「古書之有注者必有疏，《論孟考證》即《集注》之疏。以有《纂疏》，故不名疏。而文義之詳明者，亦不敢贅，但用《經典釋文》之例，表其疑難者疏之。」其書於朱子未定之説，但折衷歸一，於事蹟典故，辨訂尤多。蓋《集注》以發明理道爲主，於此類率沿襲舊文，未遑詳核，故履祥拾遺補闕，以彌縫其隙，於朱子深爲有功。惟其自稱「此書不無微牾」，「自我言之，則爲忠臣；自他人言之，則爲讒賊」，則殊不可訓。夫經者古今之大常，理者天下之公義，論之得失惟其言，不惟其人。使所補正者果是，雖他人，亦不失爲忠臣；使所補正者或非，雖弟子門人，亦不免爲讒賊。何以履祥則可，他人則必不可？此宋元間門户之見，非篤論也。

其中如辨《論語注》「公孫枝」云：「案《左傳》，當作『公孫拔』，《集注》或傳寫之誤。」辨《孟子注》「許行神農之言，史遷所謂農家者流」云：「《史記》六家無農家，《漢書·藝文志》九流之中乃有農家。」皆爲典確。至於辨《公劉》「后稷之曾孫」一條，謂公劉避桀居邠，去后稷世遠，非其曾孫。不知古人凡遠祖多稱高祖，《左傳》郯子稱「我高祖少皞」是也；凡遠孫多稱曾孫，《左傳》蒯聵稱「曾孫蒯聵敢昭告皇祖文王」是也。如此之類，則《注》不誤而履祥反誤，亦未盡確當不移。然其旁引曲證，不苟異，亦不苟同，視胡炳文輩拘墟迴護，知有注而不知有經者，則相去遠矣。

書凡一十七卷。首有許謙《序》，後有吕遲刊書《跋》，猶爲舊本。朱彝尊《經義考》稱《一齋書目》作二卷，注曰「未見」。蓋沿襲之誤，不足據也。

（《四庫全書總目》卷三十五，清乾隆五十四年武英殿刻本）

通鑑前編、舉要提要

《通鑑前編》十八卷、《舉要》三卷（編修邵晋涵家藏本），宋金履祥撰。履祥有《尚書表注》，已著録。案：柳貫作履祥《行狀》曰「司馬文正作《資治通鑑》，繫年著代。秘書丞劉恕作《外紀》以記前事，顧其志不本於經，而信百家之説，不足傳信。乃用邵氏《皇極經世書》、胡氏《皇王大紀》之例，損益折衷，一以《尚書》爲主，下及《詩》《禮》《春秋》，旁採舊史諸子，表年繫事，復加訓釋，斷自唐堯，以下接於《資治通鑑》，勒爲一書。」「既成，以授門人許謙，曰：『二帝三王之盛，其微言懿行，後王所當法。戰國申韓之術，其苛法亂政，亦後王所當戒。自周威烈王二十三年以後，司馬公既已論次，而春秋以前，無編年之書，是編固不可少之著也」云云。

蓋履祥撰述之意，在於引經據典，以矯劉恕《外紀》之好奇。

惟履祥師事王柏，柏勇於改經，履祥亦好持新説。如釋「桑土既蠶」，引後所謂「桑間」爲證；釋「封十有二山，濬川」，謂營州當云「其山碣石，其川遼水」；以《篤公劉》《七月》二篇爲豳公當時之詩，非周公所追述，又以《七月》爲豳詩，《篤公劉》即爲《豳雅》，皆不免於臆斷。以《春秋》書尹氏卒，爲即與隱公同歸於魯之鄭大夫尹氏，尤爲附會。至於引《尚書》記異，於周昭王二十二年書「釋氏生」，則其徵引群籍，去取失當，亦未必遽在恕書上也。然援據頗博，其審定群説，亦多與經訓相發明，在講學諸家中，猶可謂究心史籍，不爲游談者矣。

履祥自撰《後序》，謂既編《年表》，例須表題，故别爲《舉要》三卷。凡所引經傳子史之文，皆作大書，惟訓釋及案語，則以小字夾注附綴於後。蓋避朱子《綱目》之體，而稍變《通鑑》之式。後來浙江重刻之本，列《舉要》爲綱，以經傳子史之文爲目，而訓釋仍錯出其間，已非其舊。又，《通鑑綱目》刊本，或以此書爲冠，題曰《通鑑綱目前編》，亦後來所改名。今仍從原本，與《綱目》别著於録，以存其真焉。

（《四庫全書總目》卷四十七，清乾隆五十四年武英殿刻本）

仁山集提要

《仁山集》六卷（浙江巡撫採進本），宋金履祥撰。履祥有《尚書表注》，已著録。履祥受學於王柏，柏受學於何基，基受學於黄榦，號爲得朱子之傳。其詩乃彷彿《擊壤集》，不及朱子遠甚。王士禛《居易録》極稱其《箕子操》一篇，然亦不工。夫邵子以詩爲寄，非以詩立制。履祥乃執爲定法，選《濂洛風雅》一編，欲挽千古詩人，歸此一轍。所謂王之學華，今按：原誤作「華之學王」。皆在形骸之外，去之愈遠，所作均不入格，固其所矣。至其雜文，如《百里千乘説》《深衣小傳》《中國山水總説》《次農説》諸篇，則具有根柢。其餘亦醇潔有法，不失爲儒者之言。蓋履祥於經史之學研究頗深，故其言有物，終與空談性命者異也。

（《四庫全書總目》卷一百六十五，清乾隆五十四年武英殿刻本）

濂洛風雅提要

《濂洛風雅》六卷（浙江巡撫採進本），元金履祥編。履祥有《尚書表注》，已著録。是編乃至元丙申，履祥館於唐今按：原誤作「韓」良瑞家齊芳書舍所刻。原本選録周子、程子以至王柏、王偘等四十八人之詩，而冠《濂洛詩派圖》，但以師友淵源爲統紀，初不分類例。良瑞以爲濂洛諸人之詩，固皆風雅之遺，第《風》《雅》有正變、大小之殊，《頌》亦有周、魯之異，於是分詩銘、箴誡、贊咏四言者爲風雅之正，其楚辭、歌騷、樂府、韻語爲風雅之變，五七言古風則風雅之再變，絶句、律詩則又風雅之三變云云，具見良瑞所作《序》中。蓋選録者履祥，排比條次者則良瑞也。

昔朱子欲分古詩爲兩編而不果。朱子於詩學頗邃，殆深知文質之正變，裁取爲難。自真德秀《文章正宗》出，始別爲談理之詩。然當時助成其稿者爲劉克莊，德秀特因而删潤之，故所黜者或稍過，而所録者尚皆未離乎詩。自履祥是編出，而道學之詩與詩人之詩千秋楚越矣。

夫德行、文章，孔門即分爲二科；儒林、道學、文苑，《宋史》且别爲三傳，言豈一端，各有當也。以濂洛之理責李、杜，李、杜不能争，天下亦不敢代爲李、杜争。然而天下學爲詩者，終宗李、杜，不宗濂洛也。此其故，可深長思矣。

（《四庫全書總目》卷一百九十一，清乾隆五十四年武英殿刻本）

胡宗楙《金華經籍志》著録八則

尚書注

《尚書注》十二卷，宋蘭谿金履祥吉父撰。見《元史藝文志補》、皕宋樓、鐵琴銅劍樓各書目。存。

《鐵琴銅劍樓藏書目録》云：「宋金履祥撰。原書十二卷，今存卷七至末。按柳文肅撰《仁山行狀》，謂早歲所注《尚書》，章釋句解，迨後掇其要，成《表注》。此即其早歲所注也，東陽許氏作《讀書叢説》多采之。而吴興趙魏公《書古今文集注自序》謂金氏懲《蔡傳》之繁，而失於簡，不若他經傳注，審之熟而言之確。不知《表注》删繁就質，而其詳實見於此書，故宜與

《表注》相輔而行，而不容以少作廢。惜前六卷已佚，顧伊人跋元刻《表注》，謂錫山秦氏、崑山徐氏俱有《書注》全本，今不知在何許矣。後有無名氏《跋》，與許氏《讀書叢説》俞實《序》無一字異（注：俞《序》載朱氏《經義考》，家藏許書無），末云：『先生金華人，其諱字、世系、言行、本末，具今翰林直學士烏傷黄公溍所爲墓序誌銘。』考《文獻集》，有《白雲先生墓誌銘》，而文安則無之，是故非此書之跋，蓋作僞者所移置也。」

宗楙按：先生自序《尚書表注》云：「繙閲諸家之説，章解句釋，蓋亦有年。」又，柳貫云：「先生早歲所著《尚書》，章釋句解，既成書矣。」殆均指此書也。又按：至元庚辰秋，齊芳書院刻有十二卷本，無錫秦蕙田家有鈔本十二卷完全。光緒五年，陸心源據以刊入《十萬卷樓叢書》，并序稱此先生少作，爲《尚書表注》之權輿。宣統元年，巴陵方功惠亦刊入《碧琳琅館叢書》。

（《金華經籍志》卷二，民國十四年夢選樓刻本）

尚書表注

《尚書表注》二卷，宋蘭谿金履祥吉父撰。見萬卷堂、絳雲樓、也是園、《元史藝文志補》、愛日精廬、邵亭知見傳本、季滄葦各書目。存。

《四庫書目提要》云（下略）

《愛日精廬藏書志》云：此宋刊本，顧伊人藏書。「不分卷。中遇宋諱，間有缺筆，蓋宋末元初刊本也。板心有齊芳堂、存耕堂、章林書院、訥齋等字。」「顧氏手跋曰：『歲癸亥夏五，予在毗陵得金仁山先生《尚書表注》。比藏書家多欲借鈔，予寶愛是書，恐紙墨刓敝，因手鈔二帙，以廣其傳，今崑山所刻者是也。近薄游婺州，訪求先生遺書不得，後見柳文肅貫所撰先生《行狀》云：「先生早歲所注《尚書》，章釋句解，既成書矣，一日超然自悟，擺脱衆説，獨抱遺經，復讀玩味，則其節目明整，脈絡通貫，其枝葉與訛謬，一一易見。因推本父師之意，正句畫段，提其章旨與其義理之微，事爲之概，考證字文之訛，表諸四闌之外，曰《尚書表注》。」并得先生《自序》一篇，録置卷首，復補其原叙缺頁，且原其作書之旨。先生得朱子之宗傳，加以精究潛思，删繁就質，嘗自云：「解至後卷，即覺前義之淺。」蓋殫畢生之力以成之者也。今錫山秦氏、崑山徐氏皆藏先生《尚書注》十二卷，予嘗見之，即早歲之書，非定本也。顧世未見《表注》真本，即以是爲《表注》，謬矣。先生生於宋紹定壬辰，卒於大德癸卯。是書刻於宋末元初，尚避宋諱，可徵也。丙寅三月望日，太倉後學顧湄誌於金華之密印寺樓。』」又，「周春手跋曰：『乾隆壬子孟冬，購得《尚書表注》，爲顧伊人所藏本，後歸吾邑花山馬氏道古樓，馬氏售於武林吴氏瓶花齋，即此書也。何義門謂書有殘缺，顧伊人意爲補全，未可盡信。細校此書，方知意爲補全之處，且與通志堂刊本微有異同。按：《仁山先生集》有《尚書表注序》，而伊人鈔補之序，亦復删節不全，並存之。』」

《郘亭知見傳本書目》云：「金仁山書説，全載《通鑑前編》中。昭文張氏有舊鈔《尚書金氏注》殘本，較之《表注》甚詳，惜其不全，而不知其全固在也。考金氏書説，當於《通鑑前編》中求之，學者不可不知。」

宗楙按：《元志補》作四卷，注云：「或作十二卷，一作一卷。」又載《尚書雜論》一卷，今未見。

（《金華經籍志》卷二，民國十四年夢選樓刻本）

大學章句疏義、大學指義

《大學章句疏義》一卷、《大學指義》一卷，宋蘭谿金履祥吉父撰。見《一齋書目》《元史藝文志補》。《疏義》存，《指義》佚。

《四庫書目提要》云（下略）

宗楙按：朱竹垞《經義考》於此書及《大學指義》皆云「未見」，後又引柳貫曰：「《大學》，文公既定章句，而《或問》之作，所以反覆章明其義趣者尤悉，然後之學者尚有疑焉。先生復隨其章第，衍爲《疏義》以暢其支，申爲《指義》以統其會，《大學》之教於是乎無毫髮之滯矣。」清雍正間，裔孫律重刻《疏義》，《四庫提要》云：「柳貫嘗爲之序。」又謂與《指義》並佚。今《柳待制集》亦無此序。

（《金華經籍志》卷五，民國十四年夢選樓刻本）

論語集注考證、孟子集注考證

《論語集注考證》十卷、《孟子集注考證》七卷，宋蘭谿金履祥吉父撰。見《四庫提要》、《元史藝文志補》、《皕宋樓藏書志》。存。

《四庫書目提要》云（下略）

宗楙按：此書多詳事迹典故，柳文肅公云「文公於《論》、《孟》製《集注》，多因門人之問而更定之，其問所不及者，亦或未之備也，而事物名數，又以其非要而略之。先生皆爲之修補附益，成一家言」云云。《四庫提要》謂「拾遺補闕」，「於朱子深爲有功」，洵非虚語。清閻百詩著《四書釋地》，獨引此書十餘條，謂：「宋元諸儒注《四書》，肯詳及地理者，厪見仁山先生一人。」其推重如此。

（《金華經籍志》卷五，民國十四年夢選樓刻本）

通鑑前編、舉要

《通鑑前編》十八卷、《舉要》三卷，宋蘭谿金履祥吉父撰。見天一閣、傳是樓、《元史藝文志補》、皕宋樓各書目。存。

《四庫書目提要》云（下略）

宗楙按：此編起帝堯元載，止周威烈王二十三年，接於《資治通鑑》，略如東萊呂氏《大事記》，而不盡倣其例。柳貫稱其「用邵氏《皇極經世》曆、胡氏《皇王大紀》之例，損益折衷，一以

《尚書》爲主，下及《詩》《禮》《春秋》，旁采舊史諸子，表年係事，復加訓釋」云云。今京師圖書館存有元刊本卷十八一册，每葉二十行，行二十二字，白口，單邊，上有字數，下有刻工姓名。又有明刻三編本，明吴中行校刻。七編本，清康熙四十年重刊，凡二十五卷。莫友芝云：「原刻本善，題《綱目前編》者，爲後人所亂，入《舉要》于十八卷之中，非金氏原次矣。」

（《金華經籍志》卷六，民國十四年夢選樓刻本）

仁山集

《仁山集》六卷，宋蘭谿金履祥吉父撰。見《元史藝文志補》、四庫、潛采堂、皕宋樓、鐵琴銅劍樓各書目。存。

《四庫書目提要》云（下略）

《鐵琴銅劍樓藏書目録》云：「《仁山金先生集》四卷（舊鈔校本），題宋蘭谿金履祥撰，後學喻良能校。明韓求仲藏本。以朱筆校過，與文瑞樓刊本微有不同。」

宗楙按：先生雜詩文若干卷，有曰《昨非存稿》者，弱冠以後、四十以前之作也。曰《仁山新稿》者，辛未至乙亥之作也。曰《仁山亂稿》者，丙子以後之作。曰《仁山噫稿》者，壬辰以後之作。其自題曰：「自丙子之難，而生前之望觖；自壬辰哭子之慼，而身後之望孤。曰亂曰噫，所以志也。」董遵於吴禮部裔孫家借觀遺書，偶見先生手筆册一編，亟求録之，亦非全書。又於鄉賢諸集載先生詩文，得若干首，并有及於先生者若挽、若序之類，總曰《仁山文集》。第爲五卷，一至四皆自作，其五爲坿録。見柳貫所作《行狀》及董遵《題後》。余於廠肆得舊鈔本三册，前有吕喬年《序》、郝經《序》，題曰「仁山金先生文集」，次行標「蘭谿仁山金履祥著，後學香山喻良能校」，並坿刊者門人姓氏。卷一詩，卷二操、辭、箴、銘、贊、説、議、講義、序，卷三祭文、行狀、題跋。與雍正刻本互校，編次各異。此本詩多《景定甲子九月登高》一首，《題富陽嚴先生祠耕春堂》一首，説多《中國山水總説》一篇，序少《玉華葉氏譜序》一篇，祭文多四篇，題跋多《書包氏家訓後》一篇，講義少十六篇。又按：《潛采堂宋金元集目》有金履祥《他山集》三卷，一册，前有萬曆己亥趙崇善《序》。疑「他」字或「仁」之誤。雍正乙巳金洪勳刊本甚精。

（《金華經籍志》卷十六，民國十四年夢選樓刻本）

濂洛風雅

《濂洛風雅》六卷，宋蘭谿金履祥吉父編。見萬卷堂、脈望館、天一閣、四庫各書目。存。

《四庫書目提要》云（下略）

宗楙按：明弘治庚申，南山潘府《重刊序》曰：「余友董遵道膺歲薦來京師，以遺稿示余，復圖鋟行於世。適同志彭濟物出守徽郡，遂以是屬焉。」《元志補》作七卷。

（《金華經籍志》卷二十二，民國十四年夢選樓刻本）

宋徵士仁山金先生言行録

《宋徵士仁山金先生言行録》，明蘭谿徐袍仲章編，見前。見《金華文略》徐袍撰《宋徵士仁山金先生言行録序》。佚。

宗楙按：《序》稱：「先生在宋嘗以史職召，不用，殞于元，故傳在《元史》。後人遂因以爲元人，鄉祠木主書皆從元。余爲諸生時」，「請於學，易其主題之，倣朱子靖節書例，稱徵士，冠以宋，蓋從先生志也。」又稱：「其所著述，立于世久，是以不叙，叙其軼事。」

（《金華經籍志》卷七，民國十四年夢選樓刻本）

上劉約齋書（節録）

許謙

先師仁山金某吉父，生於《外紀》既成數百年之後，而於《書》逆求千古聖賢之心，沈潛反覆，覺與史氏所紀者大異，於是脩成一書，斷自唐虞，以下接於《通鑑》之前，一取正於《書》，而兼括《易》《詩》《春秋》之大旨，旁及傳紀、諸子百家。雖不敢如《綱目》寓褒貶於片言隻字之間，而網羅遺失，芟夷繁蕪，考察證據，坦然明白。其於《書》，則因蔡氏之舊而發其所未備，其微辭奥義，則本朱子而斷於理，勒成若干卷，名曰《通鑑前編》。某受業師門，昔嘗竊窺一二，而未獲見其全書。至於病革，猶删改未已。將易簀，則命其二子曰：「《前編》之書，吾用心三十餘年，平生精力盡於此，吾所得之學，亦略見於此矣。吾爲是書，固欲以開學者，殆不可不傳，然未可泛傳也。吾且殁，宜命許某次録成定本。此子他日或能爲吾傳此書乎！」某聞之，抱書感泣，今既繕寫成集矣。吾謂君子之身存，而其道之行不行者，天也；身亡，而其書之傳不傳者，人也。

先師學於北山何文公、魯齋王文憲公，師友之門，而北山實勉齋先生之高弟。其爲學也，於書無所不讀，而融會於《四書》，貫穿於《六經》，窮理盡性，誨人不倦，治身接物，蓋無毫髮歉，可謂一世通儒。嘗大有志於天下而不見用，其命也夫！平生所著書，今或有傳者矣。而此編上論堯舜以來，皆聖賢功用，殆非他書比。身没且十年而未克傳，此則人之過也。蓋山林之士，未嘗光顯於天下，雖抱瑰奇，人安知而信之？必得當世大人君子一品題之，然後可以發其藴，而新人之耳目，庶幾有信之者。韓退之擅一代之名，其文可必傳于世。島、郊、湜、藉之徒，獲交於退之，而其名至于今不朽。先生紹魯齋先生許子之的傳，而許子之學亦出於朱子，則先師未嘗不同其原也。先生於文章，今之退之也，得一品題之，冠于篇端，則是書可行于今、傳之於後必矣。

古人非窮愁不著書，先師之身亦窮矣，而此書則未嘗發於愁也。凡憤惋悲切，感激奮厲，形於言辭，僅足發其心之不平，而非所以公天下也，然而傳者亦多矣。今以公天下爲心，著書以利後學，乃反鬱而未傳，則君子之所宜動心者。使未傳之書，因一品題之而得傳，則先生成人美之心盛矣，後學拜先生之賜大矣。然其書之可傳否也，則惟先生進退之。
（《許白雲先生文集》卷三，明成化二年陳相刻本）

上憲使劉約齋啓（節録）

許　謙

既至壯年，始逢大匠，洗故學之荒陋，開大道之坦夷，使讀晦庵之書，而泝伊洛之源，可跂夫子之墻，而見宗廟之美。攜手提耳，且諄諄然而命之，測海窺天，巍巍乎其大也。
（《許白雲先生文集》卷三，明成化二年陳相刻本）

贈金仁山時延仁山講學於齊芳書院

唐良驥

公已蒼頭我黑頭，兩情常得守清幽。紛紛世事浮雲變，汩汩人生似水流。行止何期南又北，交情又見夏還秋。可堪天意常如此，只合無心任去留。
命有窮時道不窮，命窮何處更求通。此生未老應須學，萬事由來要適中。物欲盡時心始曠，天真動處氣初融。百般佳趣難形狀，自與常人迥不同。
（陸心源輯《宋詩紀事補遺》卷八十三，清光緒間刻本）

邑三賢詩·金文安吉父

胡應麟

余邑當宋元，得賢者三人，皆深於經術，不可以文藝盡之。迺其著述班班，足考鏡也。作《三賢詩》，俾毋以質掩其文焉。

吉父英雄姿，夙負濟時略。不受帝王知，遂工賢聖學。著述逾三車，卧游歷五岳。至今尚典刑，遺像儼丹臒。

（《少室山房集》卷十七，清道光三十年刻、光緒十八年重修本）

奉章廷式先生書

董遵

昨至都下，本欲請教，毒暑中恐往來不便，非敢取疏君子之門也，幸惟亮察。吾鄉文獻荒落，賴在先生扶持。嘗抄得《仁山文集》一册，實出吴禮部家藏。後生又拾遺得若干篇，又得仁山行狀、挽章等篇，附録于後，粗已成編。潘南山孔修嘗作序矣，乞先生重加較正，并求後序，亦表章之盛事也，惟高明圖之。

（《仁山先生金文安公文集》卷五，清雍正九年東藕堂刻本）

金文安公仁山書院記

董　遵

仁山書院者，爲崇奉儒先仁山金先生而作也。先生居仁山，受學魯齋王先生，從登北山何先生之門。北山嘗親炙子朱子高第子勉齋黄先生，厥後仁山又以其學授白雲許先生，推原統緒，四賢者實朱門世嫡。始東萊吕子與子朱子、南軒張子友，倡明正學，允矣東南鼎峙。蓋百五十年，一鄉五碩儒，相繼挺生，咸以斯道爲己任，世稱金華小鄒魯，君子以爲不誣。

東萊在宋有麗澤書院，元有北山書院、四賢書院。我楓山章公與聽庵鄭公恒慨夫蘭溪仁山闕里也，而書院獨無，非缺典與？於是前郡守維揚趙公創議，相基得城中所謂天福山，即慈明佛院廢址者，歸然高朗，可以有作。既而郡守東川劉公至，以兹事首風化，亟是焉圖。適郡判毗陵趙公來視縣政，經畫既定，遂以督役委於仁山宗裔曰鏞者，間則郡丞濟南張公時和協贊，而前令周君勳、今令錢君烱亦與有力焉。搆於己亥夏，完於戊寅春，堂肖先生神像，門揭仁山書院，焕然新廟之規，固盛舉也。

今郡守關西王公偕郡丞公，一日涖縣，瞻拜之餘，相顧喟曰：「是固高山仰止之地也。鄉有楓山，庠序師生，盍請開講，一振仁山之絶響乎？俎豆弦誦，則有司在。邇文廟鼎新，楓山已有記矣。兹院顛末，屬諸其門人，不亦可乎？」郡丞公誤及遵，爰語錢令見喻焉。遵愕然自失，晚生無知，安敢冒昧，固辭之，而郡丞公固强之，不敢已也。

竊惟仁山之學，上泝子朱子之傳。北山所示曰「省察克治」，魯齋所示曰「涵養充拓」，語雖甚簡，先生服之終身，常若有未盡焉。當時議者，以何之清介純實似尹和靖，王之高明剛正似謝上蔡，先生則親承二先生之教而充之己者也。其示白雲既曰：「聖人之道，中而已矣。」又曰：「吾儒之學，理一而分殊。理不患其不一，所難者分殊耳。」則其師友淵源，粹然一出於正，蓋可見矣。抑吾同志又有論云：君臣人之大倫，道之不行，聖人雖已知之，猶謂不可廢也。仁山生值天步艱難，尚欲有爲。志既不行，宋亦不救，憤惋鬱紆，一飯不忘，睨彼仇方，乃惟夷狄，《春秋》之義，尤概于衷，故《前編》末語，良工之心，良獨苦矣。其曰「予之所悲，又有大於道原者」，孰其知之？孔子於夷齊、箕子皆稱曰仁，若先生，其亦「求仁得仁」矣乎？嗚呼！後之學者，誦其詩，讀其書，論其世，欲知先生心迹之微，其尚究於斯哉！書院既成，趙公且將梓《仁山文集》以傳於世，皆可書也。

（《萬曆金華府志》卷二十七《藝文二》，明萬曆間刻本）

宋徵士仁山金先生言行録序

徐　袍

余每觀宋元間事，未嘗不愴惻流涕也。至讀《宋遺民録》，則又慨然慕者久之，曰：「嗟乎，宋何烈士之多也！」或曰：「宋養士厚，士故報之。」然則忠義之道，顧發之自上耶？抑養不養，報不報，在其位者急而下則緩耶？殷之末，焚炙刳剔之刑加諸有位，其亡也，義人頑民死且不悔，彼豈有所感而報耶？夫君臣之誼，根諸天經，具人形者同有焉。君子明理養氣，斥絶世紛，盡其心以自終焉而已，顧視養而上、下其報乎？

我仁山先生金子，于宋氏爲遺民，龠粟不相及，而惸嫠于邑，抱一以終，此所謂求仁得仁，報不以養者哉！先生在宋嘗以史職召，不用，殞于元，故傳在《元史》。後人遂因以爲元人，鄉祠木主書皆從元。余爲諸生時，質于余師章素庵，同請于學，易其主題之，倣朱子靖節書例，稱徵士，冠以宋，蓋從先生志云。抑先生平生以道學顯，故不仕，改世一節，世多忽之，然後所謂忠義非道邪？其所著述，立于世久，是以不叙，叙其軼事。

（《仁山先生金文安公文集》卷五，清雍正九年東藕堂刻本）

金氏譜引

祝允明

嘗讀《萬姓統譜》，而知金氏有四出焉。其一始於古六子，以名爲氏。伏羲六佐，名曰金提。迄漢文，有金王孫者，子孫蔓延於陝屬。其二始於漢武，賜休屠國日磾以金姓，蓋因其國有祭天金人也。七葉内侍，金、張並著，今徽族表表，俱其裔也。其三紹興金氏，本漢景帝分封中山劉氏也，亦因錢鏐而易氏。此與蘭溪金氏姓同更而譜各别，所謂同源異派也。惟居於蘭谿者，始繇宿遷而徙於三衢桐山峽口，則劉昭禹也；再繇峽口而徙於蘭谿三峰山下，則金明偉也；三繇三峰而又徙於桐山之陽，則金世臣也；四繇桐山而徙於仁山之下，則金夢先也；五繇仁山而徙於長洲之徭城，則金章也；六繇仁山而徙於吴郡之洞庭，則金繹也；七繇洞庭而分爲玉峰、滸𣈆二派，則金維仁、維義，繇雲間而徙於陽山，則金維禮也。自後唐以迄宋元，世次相傳，墳墓丘陵，如掌上螺紋，歷歷可數。所以何、王、金、許，爲婺之四大族云。吴郡後學祝允明敬叙。

（《仁山金先生文集》附録，清雍正三年春暉堂刻本）

附録四　宗譜資料

讀仁山先生遺書

陸大潮

蘭江宋季啓名賢，鄒魯遺風道緒研。經術湛深垂《考證》，史才宏博著《前編》。北山嫡系纔三繼，閩水真宗僅四傳。侑食黌宫陪兩廡，春秋俎豆仰儒先。

（《㵾西長樂金氏宗譜》卷一，民國三十六年活字本）

延仁山先生設教出處略

先生年四十，至京師進奇策。四十四，召爲史館編校，已不及於用矣。是年，嚴陵郡守用上蔡故事修書來聘，遂設教于釣臺書院。舉子陵懷仁輔義之説而發明之，學者始知仁義之學。年六十五，三泉唐良驥德之築齊芳書院以延先生。爲編《濂洛風雅》一書，類載周、程、邵、張、朱子及何、王二先生之詩詞，唐良瑞爲之序。唐良驥有贈先生詩二首。至年七十，講道於蘭江之上。許白雲自金華來學，時年三十有一矣，請不拘常序，而就弟子列。先生七十一，設教於金華呂成公祠下，白雲從而卒業，乃盡得所傳之奥。至年七十二歲，以疾終於正寢。許先生徒步冒雪來省，先生垂歿，以所著《通鑑前編》手授之。先時玉華葉敬之東谷築室儒源以延先生，許白雲亦來就學。柳道傳遠來造訪，留咏于壁間。樟林徐秉國作池亭以延先生，葉東谷造訪，同時于紫巖嘗爲詩以咏之。此先生教學出處之大略云。

（《瀫西長樂金氏宗譜》卷一，民國三十六年活字本）

文安公墓圖記

吾蘭自仁山先生崛起於宋季，上承紫陽之統，下啓白雲之緒，以布衣而侑食於文廟，至今京省郡邑學宫兩廡，皆有先生之神靈，實式憑之，則是天下萬世皆知有金華四先生，而與天壤同其不朽矣。乾隆壬寅之冬，會先生之後裔重修金氏譜，刻先生之墓圖，謂有圖不可無記，因以記見囑。予不才，忝辱金氏世姻，不敢辭，因捧讀先生之年譜，而僭誌之。

先生長子潁與門人許公謙、葉公克誠等，卜吉於大德十年丙午九月甲申日，葬於仁山後壠羅後山之下。兩峰對峙，中有圓墩，地名小鈎，名曰天鵝哺，卵形。

明正德六年辛未八月，本府太守趙公鶴親臨謁墓，致祭立碑。明萬曆三十二年甲辰春月，邑侯程子鏊親臨謁墓，致祭立碑。本朝乾隆十二年丁卯春月，太守鄭公遠親臨謁墓，致祭立碑。仁山公祠，給匾曰紫陽正脈。

（《瀔西長樂金氏宗譜》卷首，民國三十六年活字本）

四賢從祀疏略

張伯行

禮部尚書張伯行等，爲欽奉上諭事。

雍正二年三月初一日，奉上諭：「諭禮部衙門及國學諸生：治天下之要，以崇師重道，廣勵學宫爲先務。朕親詣太學，釋奠先師，禮畢，進諸生於彝倫堂，講經論學。凡以明道術，崇化源，非徒飾圜橋之觀聽也。惟孔子道高德厚，萬世奉爲師表。其附享廟廷諸賢，皆有羽翼聖經、維持名教之功」，「或有先罷而今宜復，有舊缺而今宜增者。」

臣等擬得宋代宜增入從祀者六人：

一曰韓琦。琦之相業載史册，誠爲有宋第一流人物。其「識量英偉，臨事有斷」，非平日涵養聖功不能。歐陽修稱其：「臨大事，決大議，垂紳正笏，不動聲色，措天下於泰山之安，可謂社稷之臣。」琦告人曰：「人臣盡力以事君，死生以之，至於成敗，天也。」與諸葛亮「鞠躬盡瘁，死而後已」等語，同出至誠。當時韓、范並稱，今范仲淹已列兩廡之祀，韓琦亦宜增入也。

二曰尹焞。焞，程伊川弟子，「學窮根本，德備中和」。所著有《論語解》。當時謂：「程門固多君子，而質直宏毅，實體力行，若焞者蓋鮮。」

三曰黄榦。榦今按：此處有脱文。濂洛關閩而後，任斯道之統者，斷推黄勉齋。朱子授以所著書，曰：「吾道之托在此，吾無恨矣。」厥後，金華四子遞衍其傳，正學賴以不絶。

四曰陳淳。淳著《論語》《大學》《中庸》四義等書。其言太極、言仁諸篇，發明天理全體，示學者標的，朱子故又以「南來，吾道喜得陳淳」今按：此處有脱文。

五曰何基。基，黄榦弟子，得淵源之懿。所著解釋《大學》《中庸》《書大傳》《易啓蒙》《通書》《近思録》，皆以「發揮」爲名。其學本於「真實心地，刻苦工夫」，所謂「謹之又謹」者也。

六曰王柏。柏，何基弟子。綜核點校《四書》《通鑑綱目》，最爲精密，推明《河圖》八卦、《洛書》九疇之旨，及訂證《詩經》《春秋》《大學》《中庸》等書。所著有《讀易記》《涵古易説今按：原脱「古易説」三字》《大象衍義》《書疑》《詩辨説》《讀春秋記》《論語衍義》《太極衍義》《伊洛精義》《論語孟子通旨》等數十種，百餘萬言，皆闡發濂洛精義，淵源道德。

此六人者，皆宜增入者也。元代宜增入從祀者三人：

一曰金履祥。祥，何基弟子。所著有《大學章句疏義》《論語孟子集注考證》《尚書表注》及《通鑑前編》，多先儒未發之義，學者稱仁山先生。

二曰許謙。謙，金履祥弟子。讀書窮探淵微，「雖殘文羡語，皆不敢忽」。所著有《四書叢説》《詩名物鈔》《書傳叢説》《自省編》。「其爲詩文，非扶翼經義，綱維世教，不輕筆之於書。」

世稱白雲先生。何基、王柏、履祥之學，至謙而益顯著，故學者推原統緒，以爲朱子世嫡云。

三曰陳澔今按：原誤作「張皓」，以下「皓」字改作「澔」。澔生於宋季，不求聞達，博學好古，潛心禮經，著《禮記集注》，學者稱雲柱先生。明洪武時，列其書於學宮，至今三百餘年，士子俱遵奉之。夫用其書垂之於國胄，則宜其享瞽宗之祀。胡安國以《春秋傳》而祀，蔡沈以《尚書集注》而祀，何獨於澔遺之也？故金、許爲金華四子之二，陳澔今按：原誤作「張皓」爲《五經》傳注之一，皆宜增入祀典也。

臣等學識淺陋，所見未必有當，伏祈睿鑒裁定。恭候命下之日，始增賢儒牌位，交工部製造字樣，翰林院書寫。送入牌位吉期，交欽天監選擇。其增入位次，悉照先儒代世前後安列。送入牌位之日，各遣國子監堂官分祀。

雍正二年甲辰夏六月，奉旨準行。

憶雍正甲辰之歲，聞金華四先生初從祀文廟，合郡之士，莫不欣慰。夫吾婺稱小鄒魯，以四先生之崛起也。不意今日並列啜食之榮，誠可謂一郡之盛典矣。然非世宗憲皇帝崇儒重道，何以得此？抑由儀封張清恪公諱伯行上疏增入朱子世嫡，故一時四賢並得從祀，竊謂前明議禮諸臣有所不及也。適此時邸報傳有從祀疏稿一本，余喜得見而全録之，藏之笥者久矣。今金氏修譜，因謹摘録此疏，以附於譜中，庶後人知四賢之所由從祀云。

此疏增入從祀諸賢，共有十餘人，蜀漢諸葛亮、唐陸贄、明羅欽順、蔡清、本朝陸隴其，兹以譜謚字繁，不備書。

乾隆四十七年歲次壬寅，暑月之吉，邑後學陸大潮謹識。

（《瀔西長樂金氏宗譜》内編卷一，民國三十六年活字本）

重修金仁山先生祠堂記

陳世倌

蘭溪金仁山先生之祠，創於邑治之西天福山麓，建自明正德乙亥，至今歷有二百餘年。乾隆戊辰，裔孫策復董理修葺而落成之，介邑之司訓而請余爲之記。司訓，余姪一夔也。余謂集群聖之大成者孔子，集群儒之大成者朱子，而朱子之學綿綿延延傳於後世而無窮者，惟仁山先生仔肩之功最大。蓋孟子而後，周、程、張子繼其緒，至朱子而始著。其學窮理以致其知，反躬以踐其實，而以居敬爲主。同時陸象山嘗與朱子會鵝湖論辯，所學不合，大概以明心見性爲宗。其時楊、袁、沈、舒四弟子傳其學，世稱甬上四先生，幾幾乎流入於禪而不自知。嗚呼！浙之東西，其知朱子之爲程子真傳而尊之者誰歟？乃自金華四先生崛起，而朱子之學有續而無絶矣。

夫仁山先生，嘗師事王魯齋先生，從登何北山先生之門。北山學於黄勉齋先生，而勉齋則親承朱子之傳者也。自是講貫益密，造詣益粹。晚得許白雲先生，告之以「吾儒之學，理一而分殊。理不患其不一，所難者在於分殊」。是乃聖門生學識而後一貫之奧旨也，以視陸子之學，其純與駁爲何如耶？嗚呼！自有仁山，而金華四先生之學顯；自有金華四先生，而甬上四先生之學於以寖微，此朱子之學所以傳之奕世而不絶也。然則仁山先生仔肩之功，豈不大哉！

我世宗皇帝於雍正二年準禮部張伯行等疏，增入金華四賢，並得從祀文廟。是先生之學，至我朝而益顯也。今者祠堂一新，余知邑之士大夫春秋與祭，得游其中，無不躍然以喜，而興起其仰止景行之志，則仁山之學，不且與朱子之學並傳於千載而不朽哉！爰不辭其請，而爲之記。

時龍飛乾隆十三年歲次戊辰，冬十月之吉，海寧大學士陳世倌謹撰并書於燕山邸舍。

（《濲西長樂金氏宗譜》卷一，民國三十六年活字本）

仁山道脈

葉一清

越角古稱鄒魯小，仁山遥與紫陽聯。月臨絶頂秋千壑，風轉平阿春一天。呼吸定時昭實按，切磨明處見真傳。白雲悄悄延東谷，一脈相承雅更綿。

（《濲西長樂金氏宗譜》卷一，民國三十六年活字本）

祭仁山先生祝文

鄭　遠

先生名臣風軌，理學正傳。襟懷則天高月朗，問學則地負海涵。道可舒而可卷，身退易而進難。柔順中正，温厲直寬，窮理居敬，隨遇而安。人但識先生以文章魁天下，以忠諫著朝端，而不知婺州三巨擔，方一人而獨荷，金華四先哲，實攸賴以纘緒焉。蓋景行之自昔，幸仰止之有緣，列俎豆而展拜，冀降格于几筵。維大清乾隆十年三月二十四日，金華府知府後學鄭遠，謹以牲醴致祭於仁山金先生之墓前曰：

考公之學，師事何王。淵源授受，派衍紫陽。凜省察克治之訓，守涵養充拓之方。進獻擣虛而勿納，退處桐山以卷藏。生徒宗仰，履滿門墻。著書立説，闡發精詳。疏《大學》以宏義類，表《尚書》以顯帝王。補《通鑑》之編，群言薈萃；創喪服之制，禬袺有常。德才標於有宋，功績著於無疆。遠涖兹土，得挹流芳。敬修齋禮，上接休光。尚饗！

（《桐陽金氏宗譜》卷一，清宣統三年活字本）

爲金、許二先生請謚咨文始末

婺州路總管府承奉浙江等處行中書省劄付，準中書省來咨。據浙東道呈婺州路儒學儒職等言：朱文公倡名濂洛之正學，發揮洙泗之微言，統緒三傳，而得仁山金履祥、白雲許謙二先生，皆婺州人也。未嘗仕進，而私淑之功，及人甚盛，載道之美，垂世有光。宜加贈謚，以勵方來。浙江廉訪司僉事同廉防副使滕章復請，如蒙備咨都省，特加褒贈，實副朝廷崇儒重道之美意。本省今將浙東道廉訪司牒文，并各儒行狀，咨請照詳，準此。送據禮部呈移準太常禮議院呈，議得：自紫陽朱子暢濂洛之學於江左，而一時碩儒多甄其化，若仁山金履祥、白雲許謙，皆傳其業而得其正，光前而啓後者也。夫以仁山之英才大志，而肆力於天文、地理、禮樂、刑兵、陰陽、律曆之書，而俱造其精微，深探聖賢之奥，研精義理之藴，會通古今之變，以成《尚書表注》《大學疏義》《指義》《論孟集注考證》及《通鑑前編》，以示學者。又著詩文，曰《昨非存稿》《新稿》《亂稿》《噫稿》，以發其志。其他披摘前書，發揮其藴，又有志而未就者焉。許謙以羈旅誦習，其功已至，復從仁山深味道腴，致力於分殊之間，自得於踐履之際。所著書有《續詩集傳名物鈔》，以足朱子之未備；《續書集傳叢説》，實與葉氏有異同；《續四書集注叢説》，以發先儒之逸義，及《治忽幾微》，以明古今之大故。至天象地形、禮樂制度之詳，田乘刑法之變，百家諸子之言，靡不窮究，發爲文章，不爲雕刻，歌咏之言，得風人旨。有曰：温故管窺之《春秋》《三禮》者，皆在人與？若《三傳儀例典禮》《續書記》，皆未脱稿者也。夫以二公博碩該貫之學，淵萃充實之德，涵泳聖涯，潛晦不耀，而聲光益焯，聞望益崇，學者四集，著述皆宏，其德業固不在勉齋之下也，而易名之典，可獨闕乎？在謚法，博聞多見曰文，造道自得曰安，宜合二字爲金公之謚。又按謚法，忠信接禮曰文，令德充實曰懿，宜合二字爲許公之謚。具呈照詳照驗，準此。

本部議得：浙江省浙江東道呈婺州路金履祥、許謙，學貫《五經》之精微，道接千載之統緒，隱居求志，著書立言，移準太常禮儀院關。夫二公以博碩該貫之學，淵萃充實之德，涵泳聖涯，潛晦不耀。博聞多見曰文，造道自得曰安，宜合二字爲金公之謚。忠信接禮曰文，令德充實曰懿，宜合二字爲許公之謚。詳上項事理合準本院所擬，以爲先生之號。如蒙準呈，宜從都省回咨本省，依上施行。本路儒學依奉省府劄付施行，賢祠安奉二先生神主，并下令府州司縣依上施行。又承奉宣慰使司都元帥府劄付，亦爲前事仰上施行，須至照會。

金履祥謚曰文安，許白雲謚曰文懿。

右照會金文安本家，準此。

（《桐陽金氏宗譜》卷一，清宣統三年活字本。按《八華山志》卷中録此，題作《金仁山、許白雲立謚咨文》，文字多異。）

奉安先生神主於仁山書院祝文

鄭　璀

惟公幼而好學，兩游何王二子之門；私淑諸人，嫡承朱子三傳之統。考證《論》《孟》，闡明鄒魯之微言；表注《尚書》，深探帝王之大道。雖身生宋末，不能救當世之沉淪；而道啓後生，實足使斯人之興起。流風未泯，世澤猶存。捧誦遺書，含恩報德。敬陳薄奠，用表微忱。尚饗！

（《桐陽金氏宗譜》卷一，清宣統三年活字本）

瀫西桐陽金氏家譜序

胡　森

古者立譜，所以著同姓，聯世系，而别尊卑，是譜所以不可不作也。至於世遠，統緒混淆，枝派散漫，而彝倫無可叙，是譜又不可以不修也。

金氏先世，封邑於項，因以項爲姓。橐七歲而爲孔子師，其後世爲楚將，至項伯歸漢，以恩賜姓劉氏。五代時，避錢武肅王諱，去卯刀而改爲金。曰天原公者，爲宋大中丞，遷居三衢西安之桐山峽口。至諱陳公者，乃遷婺之蘭江望雲鄉雞鳴山下居焉。四世諱展公者，始遷桐山之陽，仍曰桐山後，不忘本也。六世諱明倅公者，紹興初以耆行賜爵，兄弟俱迪功郎。八世諱景文公者，篤孝祖父，感天致祥，與同鄉董少舒、陳天隱俱以純孝聞，郡守韓公元吉改其鄉爲純孝循義里。又三世而仁山先生出焉，接朱子三傳之道，開來學一貫之源，文懿許先生、文肅柳先生，皆其高第弟子也，故婺州有鄒魯之風焉。先生胞弟諱麟者，文章魁多士，而服習詩禮，才堪經濟者，代不乏人。

余竊讀先生之書，仰先生之德，每拜先生於祠下，而未獲登先生之堂也。適其嫡嗣諱賢惜家牒之散逸，慨世次之失宗，乃窮源遡本，别爲次序，以爲宗譜，庶上有所承，大宗不致於失統，下有所繼，派衍不致於紛紜，而親疏貴賤，皆聚於一源也。乃走幣徵予，以叙諸端。余嘉先生之有傳，喜先生之有子孫能聯親親而敦同姓，喟然嘆曰：世之人顧宗室而逆旅，視族黨而途人，甚至恃衆陵寡，倚富欺貧，貴而不恤乎寒宗，顯而陵轢乎冰族者，曾不知范文正公云：「自吾祖宗視之，則均是子孫，無親疏也。」今君家汲汲焉以譜牒爲己任，惓惓焉以宗族爲服膺，則是以祖宗爲意，而以文正之心爲心，斂親疏於一原，彙屬族於一本，真可謂仁人之心，君子之行也。回視宗黨如路人，而挾勢自使者，豈不霄壤相判也耶！抑亦使若子若孫，考於是譜，獲睹吾祖之盛德，必思所以障狂瀾，尋墜緒，奮發有爲，使無忝乎垂光於前者，必可繼於後來之英傑也。謹序。

龍飛嘉靖丁酉孟冬月穀旦，賜進士第太常少卿郡人九峰胡森拜手撰。

（《桐陽金氏宗譜》卷一，清宣統三年活字本）

七賢祠文安公像碑記

王夢庚

予嘗求鄉先生遺書於吾鄉，遠者既多散失，存者又無人重刊流傳。進考四先生之所著，亦惟金文安公諸書有刊板，而他無聞焉。金先生諸書之刊，乃康熙間其遷居金華東鄉東藕堂支下裔孫金君律之所爲也。按譜，先生孫名若龍者，仕元爲臨海縣丞，始遷居金華。既建祠祀先生，歷歲久遠，又能刊其遺書以行世，信乎先賢遺澤之長而世多賢子孫也！

蓋嘗論之，自古聖賢本其心得，以貽後世人者，書而已矣。孔子之道，所以歷萬古常如日月之明者，《六經》之文具在故也。人非讀書，無由感發而興起；書非刊布，無由歷久而常存。則欲使古人精神久在天壤間，以爲淑世牖民之具，其必以刊刻遺書爲先務，况乎先世之著述手澤之所存，尤不當任其放失。而世之力能爲者，乃或漫不加察焉。古誼不明，而賢子孫未易數覯，予是以益嘆金君爲豪傑之士也。

去年，邑人於七賢祠刊朱文公、吕成公遺像，文安公裔孫亦合其族，自臨海以下析爲四房者，共以公像敬謹刊石置祠中，不誠見先賢遺澤之長而世多賢子孫歟！工既竣，囑予爲記。爰舉生平所慨慕者以爲説，既爲金氏之美，亦欲使鄉之後進君子聞而興起也。

時道光癸卯歲夏五月，後學王夢庚謹記，十九世孫篋賢謹書。

（《金華藕湖金氏宗譜》卷一，民國三十五年活字本）

元敕賜仁山金先生文安公春秋二祀奠爵詔命

奉天承運皇帝詔曰：

咨爾仁山金先生，闡孔孟之章句，接朱子之真傳。開八婺四賢之統，啓瀫水鄒魯之風。天文地理，究極始終。事物細微，纖悉精通。治安獻策，當道莫容。事不可復，道不終窮。抱道退隱，德裕厥躬。宣揚聖學，爲儒真宗。誨人不倦，如坐春風。程朱一脈，道在爾躬。春秋永祀，國典宜崇。錫之爵犖，祭奠優隆。俾爾後嗣，安富尊榮。尚其欽哉，道學金公。

（《高塍金氏宗譜》卷一，清光緒三十年活字本）

蘭祖桐山文安公仁山先生學塾序

胡應麟

《學記》云古之教者，州有序，黨有庠，家有塾，皆所以明人倫也。人倫明於上，小民親於下，信哉！古昔帝王治隆俗美，罔不以設學爲先務焉。三代而後，治莫盛於漢、唐、宋，而其所以爲教者，亦未能無愧於虞周。降自晉、宋、齊、梁、陳、隋以及叔季，安足議哉！夫以君師之權而化導斯人者，尚或未逮於古，矧韋布之儒，能使學者群今按：原誤作「郡」。焉宗仰，以師模其道範而步趨其典型，非有得於濂洛之真傳，上繼夫孔孟之絶緒者，能與於是耶？

婺郡四大賢何、王、金、許，得考亭之學，爲朱之正嫡。而文安公親承何、王二氏之教，以遠溯洙泗之源，千載不朽，有志之士，莫不景仰山斗。其紹聞衣德，高出士林，炳若婺星之增采，峻若芙岫之矗雲，爲何事也？今歷其育才之地，麗澤之堂，書策琴瑟，車服禮器，不禁爲之徘徊不能去焉。然則後之游斯塾者，可知所自勉，以齊芳於前哲，庶幾無負先生當日設教之意也矣。尚勖之哉！蘭江後學少室山人胡應麟序。

（《金華綿塘金氏宗譜》卷一，民國三十七年活字本）

濂洛風雅

〔宋〕金履祥　撰
慈　波　整理

整理説明

慈　波

金履祥《濂洛風雅》以伊洛淵源編萃詩作，根據詩歌體類分卷。初由唐良瑞刊於元代元貞二年（一二九六），此本今已不存。

台北「故宫博物院」藏一明抄本七卷，四周雙欄，白口，每半葉十一行，行二十字。書首鈐「真賞齋」及「滄江漁父」兩收藏印。此本文字精善，前爲唐良瑞序，當係出元刻，今即用爲整理底本。

《濂洛風雅》有明弘治年間潘府重刊本七卷，今僅存殘本五卷，爲卷一至三，卷六至七。此本殘損嚴重，艱於調閲。卷首有李旻序，缺佚大半，略云：「可觀□或畔去義理而淫於邪僻者不能無之。人才日卑而世不古若，良有以也。邢君表章此書以風厲後學，欲使之知所向方，庶幾優游涵泳而馴至乎聖賢之域。蓋爲國作人之意有在，不獨以其世不可無而且必當傳也。刻既訖工，上元尹杜焞來請序其首簡。顧予何人，敢論先賢之文？爲推所以重刻之意而序之，時弘治壬戌夏六月既望，中順大夫南京太常寺少卿前翰林國史院修撰太子左諭德兼經筵講官杭郡李旻序。」日本内閣文庫藏一抄本七卷，前録潘府序與唐良瑞序，書末摹寫牌記作「嘉靖乙丑（一五六五）春順天府開刊」。可知弘治本之後，有嘉靖重刊本。此抄本由嘉靖本出，簡稱内閣本。

台北「國圖」藏有康熙年間朝鮮活字本《增删濂洛風雅》七卷，據明刊本重加編訂，於擬删除詩作題前小字注「删」，又據《性理群書大全》等書增入數首。故此書實爲改編本，由朴世采印於「崇禎紀元之後五十有一年」（一六七八）。書前收録唐良瑞、潘府及朴世采序，簡稱朝鮮本。

中國國家圖書館藏有清抄本七卷，首爲潘府序、唐良瑞序，所據當爲弘治刊本，簡稱國圖本。

金履祥後裔金律據家藏仁山手抄本，於雍正十年（一七三二）刊《濂洛風雅》六卷，並編入《率祖堂叢書》。前有王崇炳序、戴錡序、唐良瑞序。簡稱金律本。光緒三年（一八七七）胡鳳丹據金律本，重刊《濂洛風雅》六卷，是爲《金華叢書》本。

整理中，國圖本、朝鮮本、内閣本、金律本、《金華叢書》本皆用作參校，在文字一致的情況下統稱「他本」。各版序文彙列於卷首，書末附録《濂洛風雅》歷代版本著録簡況。

濂洛風雅序

唐良瑞

「詩者，志之所之也。」志有正有偏，有通有蔽，則詩有純有駁，有晦有明。故偏滯之詞，不若中正之發，而放曠悲愁之態，不若和平沖淡之音。生於其心，則發於其言；發於其言，則作於其事，所關非細故也。

良瑞幼而好詩，然有激於其中，則必見於其外，是以好爲奇崛跳踉之句，發揚蹈厲之辭，間亦自覺其露，而未有以易之者。仁山金子吉甫翁館我齊芳書舍，暇日相與縱言，至於詩，因見其所編萃有曰《濂洛風雅》者。開卷徐展，但以師友淵源爲統紀，而未分類例，然皆涵暢道德之中，歆動風雩之意，淡平者有淳厚之趣，而浩壯者有義理自然之勇，言言有教，篇篇有感，異乎平昔之所聞，因相與紬繹之。

竊以爲今之詩，非風雅之體，而濂洛淵源諸公之詩，則固風雅之遺也。第《風》《雅》有正有變，有小有大，雖《頌》亦有周、魯之異體，則今日風雅之編，不可不以類分也。於是斷取詩、銘、箴、誡、贊、咏四言者爲風雅之正體，其楚詞、歌、操、樂府、韻語則風雅之變體，其五七言古風則風雅之再變，其絶句、律詩則又風雅之三變也。類聚而觀之，條理明整，意味悠長，因以私淑子姓，而朋友間見者亦皆欲得之，因鋟諸梓，與同志共焉。若夫味其詩而溯其志，誦其詞而尋其學，窺其一二而求其全集，則又在夫自得之者何如耳！

嗚呼！龜山載道而南，伊洛宗派在中原者，自文公《淵源録》已難盡考，又況百五十今按：原誤作「千」年之後乎！北方之學者，必有得其傳者矣。近聞許魯齋師友傳授之盛，然其文章皆未之聞。雖文公諸門人，文集亦多未出。嗣是倘有所得，又當續編云。

時元貞丙申四月既望，石泉唐良瑞撰。

（《濂洛風雅》卷首，清雍正間金律刻本）

重刊濂洛風雅序

潘　府

自古言詩者，皆以《風》《雅》爲宗，祖以陶靖節，杜子美諸家次之。至元、元貞間，《濂洛風雅》一編始出焉，其詩冲和純正，固皆道德英華之發見。而一編之中，師友淵源之統紀，正變小大之體例，又見金、唐二君子類萃之精，有非淺儒俗學所能到，真近古之遺音也。追視《風》《雅》之盛，其庶矣乎！惜自元季，泯没不傳者餘二百年矣。弘治庚申夏，予友董遵道膺歲薦來京師。間以遺稿示予，復圖鋟行于世。適同志彭濟物出守徽郡，遂以是屬焉。彭君不辭而竟謝教益之多。予知此編之行，不徒足慰董君崇好古作之意，亦足以爲彭君輩風化斯民之助也。昔韓文三百年後得歐陽子而始傳，議者以文之顯晦有數焉。則此編復出于今日，亦非偶然者矣。弘治庚申秋八月望日，賜進士第、主刑曹事南山潘府謹書。

（《濂洛風雅》卷首，明弘治重刊本）

濂洛風雅增删序

朴世采

古昔聖賢爲學之道，其大體可知已。自治則成湯、武王之銘盤席，以至衛武公之《抑戒》，仍有訓誦之諫、暬御之箴、工師之誦；教人則夔之典樂、孔子之删詩正樂，以爲教於世，而邇之事父、遠之事君，又能使伶人樂師踰河入海以去亂。是則所謂耳之於樂、目之於禮，起居動息皆有所養者然也。蓋是二者雖與小子大人之學規模少殊，而總其歸趣，亡非所以明天理，厚人倫，立事物之體而致性情之正，内外交養，和順相發，以成其德者。三代之士，率由是學，降及秦漢，遂廢不講。其存於人者，獨有所謂理義之養心耳。然且反復晦蝕，貿貿焉莫知所之者千有餘年。幸賴天祚吾道，濂洛之間諸賢繼起，乃復述四子，修《五經》以開萬世道學之淵源。而然於盤盂聲樂之實，卒莫之追復也。

仁山金先生生于宋季，上接紫陽四傳之緒，隱居著書，精深宏遠，固多可以羽翼聖經者。而惟此一編，尤有所補於古昔聖賢爲學之遺意。蓋亦從諸賢平日箴訓諷咏中表出而成書。其至者固已闡夫性命之奥，而關乎存省之密，下猶足以斥異端、塞利源、不迷於所向。使學者誦而玩之，感奮戒懼，不敢以毫髮有懈于其心，優游涵泳，馴而至於手舞足蹈之域，而不能自已。以是揆之，雖古盤盂之大訓、聲樂之至教，其何以過此？嗚呼盛哉！

顧其所録頗廣，或有未暇盡正；而諷咏之切實者，猶多放軼。今皆續見於《性理群書》《大全》等書，似亦不可不爲之略加增删。兹敢釐輯繕寫，以備區區朝夕警戒之資，庶幾無負于先生之教者。采之不肖，於此竊有所感焉。粤自聖學再明以來，其書盈架，至爲後人纂要揭微以畀之意，益不淺矣。獨其學者因此而有所樹立者，訖未多聞，其病安在？特以檢防之不嚴，融會之不深焉耳。今之讀此編者，苟能於其箴訓之説惕然恐懼，無異疾痛之真切、淵冰之戰兢，而必以敬畏從事，於其諷咏之辭，油然感發，自不覺胸次之灑落，鳶魚之流動，而要之和樂之意，未嘗不行於其中，以至成德。則是不惟可以毋褻於此編，抑將仰究乎三代禮樂之道，而無所礙矣。願與同志者勉之。

歲在戊午閏三月壬子，潘陽朴世采書。時崇禎紀元之後五十有一年也。

（《增删濂洛風雅》卷首，清初朝鮮活字本）

濂洛風雅序

王崇炳

《濂洛風雅》者，仁山先生以風雅譜婺學也。吾婺之學，宗文公，祖二程、濂溪。則其所自出也，以龜山爲程門嫡嗣，而吕、謝、游、尹則支；以勉齋爲朱門嫡嗣，而西山、北溪、搗堂則支。由黄而何而王，則世嫡相傳，直接濂洛。程門之詩以共祖收，朱門之詩以同宗收。非是族也，則皆不録，恐亂宗也。詩名「風雅」，其實有頌，而變風變雅則不録。

夫惟聖人，聲入心通，鳥鳴蟲語，皆發天機而契性真，童歌牧唱，皆風雅也。大賢以下，必慎所感。古之學者，弦繩之音不離於手，歌咏之聲不離于耳。胸中斯須不和不樂，則鄙詐之心入之；斯須不莊不敬，則慢易之心入之。陶練性情，涵養德器，莫善於詩。詩取其正，以風雅存濂洛，以濂洛廣教學，益慎所感也。

夫詩有三體，曰賦，曰比，曰興。一句之中，皆具賓主。竊嘗隅舉文公之詩，咏而玩之。如云「昨夜江邊春水生」，比也，「爲有源頭活水來」，亦比也，皆賓也。吾心中有生生不息之春水，活活而來之源泉，則賓中主也；而生有由生，來有由來，則主中主也。能於賓中見主，於主中見主中主，則萬理一本，萬派同源，可於風雅中見濂洛，且可於自心中見周、程，而且使凡有心者之皆可爲周、程也。此仁山先生以風雅垂教意也。

東陽後學王崇炳撰。

（《濂洛風雅》卷首，清雍正間金律刻本）

濂洛風雅序

戴　錡

濂洛乃宋儒講學傳道之邦也，所言者道德，所行者仁義，安有風雅之名哉？不知人之生也，有性必有情，有體必有用，即聖門教人，依仁則游藝，餘力則學文，未嘗離情以言性，舍用以言體也。但發而中節與否，則在人而不在天。

金仁山先生從游何、王二先生之門，得上紹紫陽，傳勉齋之派，升堂入室，而道統賴以不墜。既著《大學疏義》《論孟考證》，慮後之學者徒知務本爲重，不知有玩物適情之義，未免偏而不全，執而鮮通，大失先賢垂訓之本意，是誰之過與？于是每讀遺編，見其中有韻語，可以正人心，可以敦風俗，可以考古論世者，撮而録之，使人洗心滌慮，非勸則懲，扶道之功何大也！

兹編僅百餘頁，乃先生親手鈔本。裔孫律藏之已久，今附刻文集之後，屬予序。當日采擇手録，寧簡毋濫之意，望海内見此書者，勿以罣一漏萬爲憾，則兹編可當三百篇讀矣。

檇李後學戴錡書，時雍正十年夏四月六日。

（《濂洛風雅》卷首，清雍正間金律刻本）

濂洛風雅序

胡鳳丹

風騷以降，詩人林立，大都雕刻花月，藻繪山川，求其藹如仁義之言，蔚然道德之氣，自杜、韓數子以降，十蓋不得一二。夫浴沂風雩，不廢吟咏；孺子滄浪，聖人有取。因物觀時，因時見道，謂講學家不嫻韻語，豈通論哉！

今讀仁山先生所輯濂洛諸子詩，率皆天籟自鳴，出入風雅，無一不根於仁義，發於道德，宣尼復起，其必采而録之矣。余學詩未就，於諸子無能爲役，特以先哲遺書，懼墜其傳，爰重爲校梓，敬綴數語於簡首，用誌嚮往之忱云爾。

光緒三年三月。

（《退補齋文存》卷一，清光緒七年退補齋刻本）

濂洛風雅跋庚子

盧文弨

此本相傳以爲元金仁山先生所選輯，首濂溪周子，八傳而至王魯齋，皆正傳，其餘源流所漸，凡三十五人。所録皆有韻之作，凡箴銘、祭文，咸入焉。意主於闡明義理，裨益風化，初不於字句間求工也。本朝雍正年間，其裔孫律實始版行。今相距五十年，吾宗東源衍仁欲復爲開雕，請余爲正譌。余北上，攜之行笈中。友人眉庵，北方之言學者也，就而正焉。其意以爲，題曰《風雅》，即文不當在所録中。又，劉屏山戲作十二辰屬詩一首，亦當去。其言良是，然出自前哲之手，毋寧仍之，「善戲謔兮」，亦風人所不禁也。

仁山録朱子《静江府虞帝廟詩》，附記其後云：廟中舊有庳君像，南軒牧此州，舉而投之水。文弨竊疑其已甚，而眉庵以爲不然，謂傲即萬惡之根，去之不爲過。且廟制尊一，不尊二。然余考道州有鼻亭之神，道州即有庳地也。象必有遺愛於其國，故神而祀之。静江去道州不遠，祀象不爲無因，有其舉之，非後人所可意爲變置也。且俑以象人，猶不可用，像亦象人也，而投諸水，戮已太甚，視流放又甚焉。即操千古賞罰之柄者，亦不宜出此。余以爲蒲坂之舜廟，不宜有象，而静江之舜廟，實宜有象。象蓋從祀也，亦猶先主、武侯同閟宫之義也，非并尊也。聊著不同之見於此，以俟後之人論定云。

乾隆庚子臘月之望，盧文弨書。

（《抱經堂文集》卷十四，清乾隆、嘉慶間嘉善謝氏刻本）

濂洛風雅詩派目録 止載集中諸公姓名

濂溪先生周元公

康節先生邵公
二程子交游，《淵源録》收入。

橫渠先生張獻公
一作明公，就正於二程子。

明道先生程淳公

伊川先生程正公

藍田先生呂芸閣
大臨　與叔　學于橫渠，卒業于二程子。

龜山先生楊文靖公
時　中立

廣平先生御史游公
酢　定夫

和靖處士侍講尹公
焞　彥明

滎陽呂公
希哲　原明

（續表）

學士張繹　思叔

謝上蔡　詩不傳

胡文定公　安國　康侯

初聞伊洛之學于靳裁之，後講學于游、楊、謝三君子。

龜山先生

道鄉先生鄒侍郎　浩　志完

了齋先生陳肅公　瓘　瑩中

二公皆尊事先生。

豫章先生羅文質　從彦　仲素

逸平徐存誠叟

延平先生李文靖公　侗　愿中

韋齋先生朱吏部　松　喬年

晦庵先生朱文公　熹　仲晦

（續表）

胡文定公			
東萊呂舍人　本中　居仁	茶山曾文清公　幾　吉甫 致堂　寅　明仲 五峰　宏　仁仲 屏山劉彥冲　子翬		
拙齋林宗丞　之奇　少穎	茶山之詩一傳陸務觀，再傳劉後村，集中不收入。		
東萊先生呂成公　祖謙　伯恭	南軒先生張宣公　栻　欽夫　學於五峰，朱、呂交友。		

（續表）

晦庵先生朱文公

蔡西山　元定　季通　文公老友
節齋　淵　仲默

劉靜春　清之　子澄
尊事先生

勉齋先生黄文肅公
榦　直卿
北溪先生陳淳　安卿
或云賜謚文定，未詳
毅齋先生徐文清公
僑　崇父
船山先生楊子權
與立

葉仲圭采
劉篁栗圻　畸叟
有詩集，未收入。

北山先生何文定公
基　子恭
魯齋先生王文憲公
柏　仲會父
初從游于陳克齋、徐敬齋、楊船山、劉搗堂，後受學于北山。

（續表）

東萊先生呂成公

劉撝堂　赤　潛夫

趙章泉　蕃　昌父

方伯謨　士繇

范伯崇　念德

曾景建　極　號雲巢

西山先生真文忠公

德秀　景元

兵部李果州道傳

仲貫

右二公不及登文公之門，而講學于其高弟。

鞏栗齋　豊　仲至

時南堂　瀾

王立齋　仁　剛仲

初學于撝堂，卒業于北山。

濂洛詩派圖

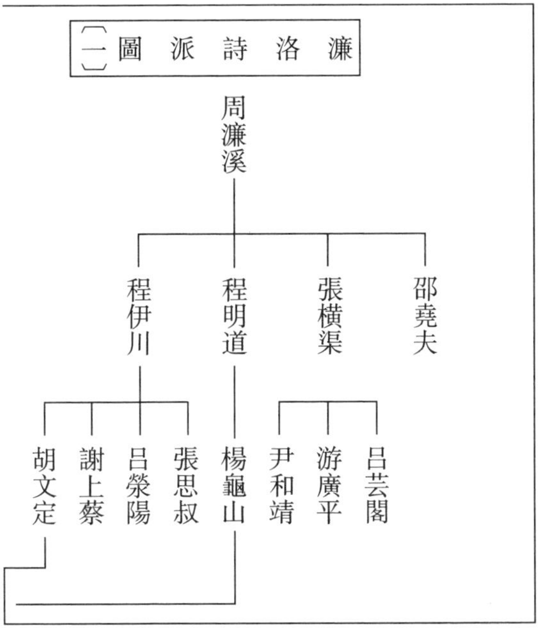

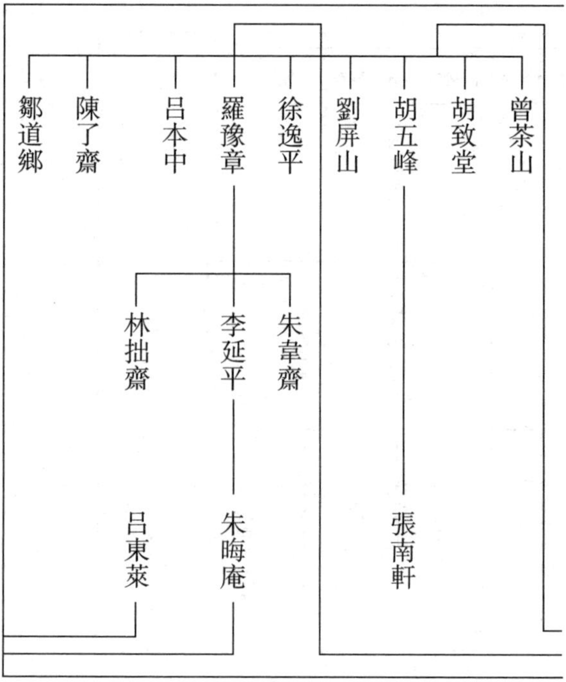
曾茶山
胡致堂
胡五峰
劉屏山
徐逸平
羅豫章
呂本中
陳了齋
鄒道鄉
朱韋齋
李延平
林拙齋
張南軒
朱晦庵
呂東萊

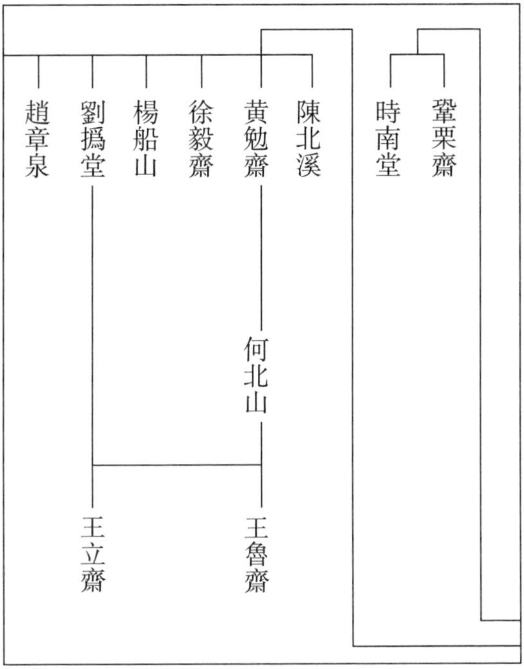
鞏栗齋
時南堂
陳北溪
黃勉齋
徐毅齋
楊船山
劉撝堂
趙章泉
何北山
王魯齋
王立齋

方遠庵
范伯崇
曾雲巢
蔡西山
蔡節齋
劉静春
真西山
李果州

【校記】

〔一〕此圖與姓氏目次，國圖本、内閣本、朝鮮本皆作「濂洛風雅詩派目録」，已見前，然内容頗異，現分別予以收録。此據金律本收入，《金華叢書》本同。

濂洛風雅姓氏目次

周敦頤字茂叔，號濂溪，謚元公，湖廣道州人
程　顥字伯淳，號明道，謚淳公，河南洛陽人
程　頤字正叔，號伊川，謚正公，河南洛陽人
張　載字子厚，號横渠，謚獻公，陝西郿縣人
邵　雍字堯夫，謚康節，北直涿州人
游　酢字定夫，號廣平，官侍御，建州建陽人
楊　時字中立，號龜山，謚文靖，福建將樂人
吕大臨字與叔，號芸閣，藍田人
尹　焞字彦明，號和靖，官侍講，河南洛陽人
吕希哲字原明，號滎陽，東萊人
張　繹字思叔，河南人
謝良佐字顯道，上祭人
胡安國字康侯，謚文定，福建崇安人

羅從彦字仲素，號豫章，諡文質，福建羅源人
陳　瓘字瑩中，號了齋，諡忠肅，延平人
鄒　浩字志完，號道鄉，官侍御，晋陵人
徐　存字誠叟〔一〕，號逸平
吕居仁字本中
曾　幾字吉甫，號茶山，諡文清
胡　寅字明仲，號致堂，福建崇安人
胡　宏字仁仲，號五峰，福建崇安人
劉彦冲字子翬，號屏山
李　侗字願中，號延平，諡文靖，福建劍浦人
朱　松字喬年，號韋齋，官吏部，徽州婺源人
林之奇字少穎，號拙齋，官宗丞
朱　熹字仲晦，號晦庵，諡文公，南直婺源人
吕祖謙字伯恭，號東萊，諡成公，浙江金華人
張　栻字敬夫，號南軒，諡宣公，四川綿竹人
黄　榦字直卿，號勉齋，諡文肅，福州閩縣人

陳　淳字安卿，號北溪，謚文定，漳州龍溪人
徐　僑字崇父，號毅齋，謚文清，浙江義烏人
楊與立字子權，號船山，本貫福建浦城人，遷居蘭谿
劉　炎字潛夫，號撝堂
趙　蕃字昌父，號章泉
方士繇字伯謨
范念德字伯崇
曾　極字景建，號雲巢
真德秀字景元，號西山，謚文忠，福建浦城人
李仲貫字道傳，號果州，官兵部
鞏　豐字仲至，號栗齋，浙江武義人
時　瀾字叔觀，號南堂
蔡元定字季通，號西山，建陽人
蔡　淵字伯静，號節齋，西山子
葉　采字仲圭
劉　圻字畸叟，號篁㰔

何　基字子恭，號北山，謚文定，浙江金華人

王　柏字會之，號魯齋，謚文憲，浙江金華人

王　偘字剛仲，號立齋，浙江金華人

【校記】

〔一〕「徐存字誠叟」，原作「徐叟字存誠」，據國圖本、内閣本、朝鮮本改。

濂洛風雅卷之一

古　體

拙賦　濂溪先生周元公　敦頤，茂叔

或謂予曰：人謂子拙。予曰：巧，竊所耻也，且患世多巧也。喜而賦之。

巧者言，拙者默。巧者勞，拙者逸。巧者賊，拙者德。巧者凶，拙者吉。嗚呼！天下拙，刑政撤。上安下順，風清弊絶。

顏樂亭詩　明道先生程淳公　顥，伯淳

天之生民，是爲物則。非學非師，孰覺孰識。聖賢之分，古難其明。有孔之遇，有顏之生。聖以道化，賢以學行。萬世心目，破昏爲醒。周爰闕里，惟顏舊止。巷污以榛，井堙而圮。鄉閭蚩蚩，弗視弗履。有卓其誰？師門之嗣。追古念今，有惻其心。良賈善諭，發帑出

金。巷治以闢，井渫而深。清泉澤物，佳木成陰。載基載落，亭曰顏樂。昔人有心，予忖予度。千載之上，顏惟孔學。百世之下，顏居孔作。盛德彌光，風流日長。道之無疆，古今所常。水不忍廢，地不忍荒。嗚呼正學，其何可忘？

立齋王剛仲曰：顏子故居所謂陋巷者，猶有井存焉。孔君宗翰爲浚其井，而作亭于其上，程子故爲詩之。惟程子師周子，每令尋顏子樂處，而程子每自得于心目之間，故于此亭，因孔顏之冑裔，而深有感于師友之契。揭聖賢之學以示人，有志于斯道者，必將由辭以得意，則庶幾乎。

邵康節銘

嗚呼先生，志豪力雄。闊步長趨，凌高厲空。探幽索隱，曲暢旁通。在古或難，先生從容。有問有觀，以飫以豐。天不憖遺，哲人之凶。嗚臯在南，伊流在東。有寧一宫，先生所終。

四箴　伊川先生程正公　頤，正叔

顏淵問克己復禮之目，子曰：「非禮勿視，非禮勿聽，非禮勿言，非禮勿動。」四者，身之用也。由乎中而應乎外，制於外所以養其中也。顔淵事斯語，所以進於聖人。後之學者宜服膺而勿失也，因箴以自警。

右視箴

心兮本虚，應物無迹。操之有要，視爲之則。蔽交於前，其中則遷。制之於外，以安其內。克己復禮，久而誠矣。

右聽箴

人有秉彝，本乎天性。知誘物化，遂亡其正。卓彼先覺，知止有定。閑邪存誠，非禮勿聽。

右言箴

人心之動，因言以宣。發禁躁妄，内斯静專。矧是樞機，興戎出好。吉凶榮辱，惟其所召。傷易則誕，傷煩則支。己肆物忤，出悖來違。非法不道，欽哉訓辭。

右動箴

哲人知幾，誠之於思。志士勵行，守之於爲。順理則裕，從欲惟危。造次克念，戰兢自持。習與性成，聖賢同歸。

女誡　横渠先生張獻公 載，子厚

婦道之常，順惟厥正。是曰天明，是其帝命。嘉爾婉婉，克安爾親。往之爾家，克施克勤。爾順惟何，無違夫子。無然皋皋，無然訿訿。彼是而違，爾焉作非。彼舊而革，爾焉作儀。惟非惟儀，女生則戒。王姬肅雝，酒食是議。貽爾五物，以銘爾心。錫爾佩巾，墨予誨言。銅爾提匜，謹爾賓薦。玉爾奩具，素爾藻絇。枕爾文竹，席爾吴莞。念爾書訓，思爾退安。彼實有室，爾勿從室。遜爾提提，爾生引逸〔一〕。

【校記】

〔一〕「逸」，據内閣本、朝鮮本補，他本皆闕。朝鮮本「逸」下小注：「皋皋，難與言也。訿訿，難與事也。提提，安也。」金律本、《金華叢書》本空一字，後有小注：「失去一字，不敢擅加。」

大順城銘

兵久不用，文張武縱。天警我宋，羌蠢而動。恃地之彊，謂兵之衆。傲侮中原，如撫而弄。天子曰嘻，是不可捨。養奸縱殘，何以令下。講謨於朝，講士於野。鍖刑斧誅，選付能者。皇皇范侯，開府於慶。北方之師，坐立以聽。公曰彼羌，地武兵勁。我士未練，宜勿與競。當避其彊，徐以計勝。吾視塞口，有田其中。賊騎未迹，卯横午縱。余欲連壁，以禦其衝。保兵儲糧，以俟其窮。將吏掾曹，軍師卒正。交口同辭，樂贊公命。月良日吉，將奮其旅。出卒於營，出器於府。出幣於帑，出糧於庾。公曰戒哉，無敗我舉。汝礪汝戈，汝鑿汝斧。汝干汝誅，汝勤汝與。既戒既言，遂及城所。索木箕土，編繩奮杵。胡虜之來，百千其至。自朝及辰，衆積我倍。公曰無譁，是亦何害？彼奸我乘，及我未備。勢雖不敵，吾有以恃。爰募强弩，其衆累百。依城而陣，以堅以格。戒曰謹之，無鬬以力。去則勿追，往終我役。賊之逼城，傷死無數。謀不我加，因潰而去。公曰可矣，我功汝全。無怠無遽，城之惟堅。勞不累日，池陴以完。深矣如泉，高焉如山。百萬雄師，莫可以前。公曰濟矣，吾議其旋。擇士而守，擇民而遷。書勞賞材，以飫以筵。圖列而上，薦聞於天。天子曰嗟，我嘉汝賢。錫號大順，因名其川。于金于湯，保之萬年。

康定用兵時，先生年十八，慨然以功名自許。嘗欲請兵五千，横行匈奴。上書謁范文正公，公知其遠器，欲成就之，乃責之曰：「儒者自有名教，何事於兵？」因勸讀《中庸》。當慶曆間，文正公築大順城，屬先生爲記。按此時先生年二十一二歲耳。

王立齋曰：張子此時猶有談兵之意，然篇中詞義高古，而整軍經武之事，實足以見萬全之策，所謂句句是事實，視《出車》《采薇》之作，亦庶幾乎。

君子吟　康節先生邵堯夫 雍

君子與義，小人與利。與義日興，與利日廢。君子尚德，小人尚力。尚德樹恩，尚力樹敵。君子作福，小人作威。作福福至，作威禍隨。君子樂善，小人樂惡。樂惡惡生，樂善善作。君子好譽，小人好毁。好毁人怒，好譽人喜。君子思興，小人思壞。思興召祥，思壞召怪。君子好與，小人好求。好與多喜，好求多憂。君子好生，小人好殺。好生道行，好殺道絶〔一〕。

【校記】

〔一〕此銘之後，朝鮮本增入范浚《心箴》。

小學題辭　晦庵先生朱文公 熹，仲晦

元亨利貞，天道之常。仁義禮智，人性之綱。凡此厥初，無有不善。藹然四端，隨感而見。愛親敬兄，忠君弟長。是曰秉彝，有順無强。惟聖性者，浩浩其天。不加毫末，萬善足

焉。衆人蚩蚩，物欲交蔽。乃頽其綱，安此暴棄。惟聖斯惻，建學立師。以培其根，以達其支。小學之方，灑掃應對。入孝出恭〔一〕，動罔或悖。行有餘力，誦詩讀書。咏歌舞蹈，思罔或逾。窮理脩身，斯學之大。明命赫然，罔有内外。德崇業廣，乃復其初。昔非不足，今豈有餘。世遠人亡，經殘教弛。蒙養弗端，長益浮靡。鄉無善俗，世乏良材。利欲紛拏，異言喧豗。幸兹秉彝，極天罔墜。爰輯舊聞，庶覺來裔。嗟嗟小子，敬受此書。匪我言耄，惟聖之謨。

【校記】

〔一〕「恭」，四部叢刊景明嘉靖本《晦庵先生朱文公文集》作「弟」。

學古齋銘

相古先民，學以爲己。今也不然，爲人而已。爲己之學，先誠其身。君臣之義，父子之仁。聚辨居行，無怠無忽。至足之餘，澤及萬物。爲人之學，燁然春華。誦數是力，纂組是誇。結駟懷金，煌煌煒煒。世俗之榮，君子之鄙。維是二者，其端則微。眇綿弗察，胡越其歸。卓哉周侯，克承先志。日新此齋，以迪來裔。此齋何有？有圖有書。厥裔斯何，衣冠進趨。夜思書行，咨詢謀度。絶今不爲，惟古是學。先難後獲，匪亟匪徐。我則銘之，以警厥初。

求放心齋銘

天地變化，其心孔仁。成之在我，則主於身。其主伊何，神明不測。發揮萬變，立此人極。晷刻放之，千里其奔。非誠曷有，非敬曷存。孰放孰求，孰亡孰有？詘伸在臂，反覆惟手。防微謹獨，兹守之常。切問近思，曰惟以相。

尊德性齋銘

維皇上帝，降此下民。何以予之？曰義與仁。惟義與仁〔一〕，維帝之則。欽斯承斯，猶懼弗克。孰昏且狂，苟賤污卑。淫視傾聽，惰其四肢。褻天之明，慢人之紀。甘此下流，衆惡之委。我其監此，祗栗厥心。有幽其室，有赫其臨。執玉奉盈，須臾顛沛。任重道悠，其敢或怠？

【校記】

〔一〕「惟」，底本、國圖本作「雖」，據朝鮮本改。

敬恕齋銘〔一〕

出門如賓，承事如祭。以是存之，罔敢或墜。己所不欲，勿施于人。以是行之，與物皆春。胡世之人，恣己窮物？惟我所便，謂彼奚卹。孰能反是，歛焉厥躬。于墻于羹，仲尼子弓。内順于家，外同于邦。無小無大，罔時怨恫。爲仁之功，曰此其極。敬哉恕哉，永永無斁。王文憲曰：夫子答仲功問仁一段，即敬恕之道。此先生早年作。

【校記】

〔一〕朝鮮本録此銘，題前有小注「刪」。此篇之後，增入《書字銘》《寫照銘》。

敬齋箴

正其衣冠，尊其瞻視。潛心以居，對越上帝。足容必重，手容必恭。擇地而蹈，折旋蟻封。出門如賓，承事如祭。戰戰兢兢，罔敢或易。守口如瓶，防意如城。洞洞屬屬，罔敢或輕。不東以西，不南以北。當事而存，靡他其適。弗貳以二，弗參以三。惟心惟一，萬變是監。從事於斯，是曰持敬。動静無違，表裏交正。須臾有間，私欲萬端。不火而熱，不冰而寒。毫釐有差，天壤易處。三綱既淪，九法亦斁。於乎小子，念哉敬哉。墨卿司戒，敢告靈臺。王文憲嘗批注：「又講于天台。」今檃括其意，分爲十章：一章静之敬，二章動之敬，三章表之敬，四章裏之敬，五章無適之謂一，六章主一之謂敬，七章總，八章間則不續，九章差則顛倒，十章箴以終之。古語：善御者折旋蟻封之間。易，入聲。處，去聲〔一〕。

【校記】

〔一〕朝鮮本此後，增入《調息箴》《易五贊》（《原象》《述旨》《明筮》《稽類》《警學》）《復卦贊》。

讀易《易五贊・警學篇》〔一〕

讀《易》之法，先正其心。肅容端席，有翼其臨。于卦于爻，如筮斯得。假彼象辭，爲我儀則。字從其訓，句逆其情。事因其理，意適其平。曰否曰臧，如目斯見。曰止曰行，如足斯踐。毋寬以略，毋密以窮。毋固而可，毋必而通。平易從容，自表而裏。及其貫之，萬事一理。理定既實，事來尚虚。用應始有，體該本無。稽實待虚，存體應用。執古御今，由静制動。潔静精微，是之謂《易》。體之在我，動有常吉。在昔程氏，繼周紹孔。奥旨宏綱，星陳極拱。惟斯未啓，以俟後人。小子狂簡，敢述而申。《本義》。補程傳。

【校記】

〔一〕金律本、《金華叢書》本無題下小注。

静江府虞帝廟碑詩

虞山之土，灕水之滸。誰脩虞祀？九歌招舞。有翼張侯，牧此南州。懷帝之仁，答其祐休。載瞻祠宇，頹剥支柱。明靈弗蠲，淫傲駢伍。乃教綱紀，乃夷乃攻。乃堂乃基，峻宇崇墉。帝降不遲，四門穆穆。侯樂其成，來饋來祝。惟帝之德，規圓矩方。即物而則，大倫以光。爰自側微，動植潛被。恭己當天，雲行雨施。惠于來世，億萬斯年。穹天博地，峙岳流川。矧是卉裳，舊惟聲教。愀然見之，興起則效。子隆于孝，臣力其忠。侯拜稽首，惟帝之功。淫傲，謂廟中舊有武后香火及庳象之像也〔一〕。南軒先生皆撤而棄之水，至象，有諫者曰：「帝甚愛此弟。」先生曰：「愛之者，帝舜一人之私恩；去之者，天下後世之公義。」

【校記】

〔一〕「武后」，内閣本、朝鮮本外諸本皆作「武侯」。按周去非《嶺外代答》卷十《武婆婆》條：「廣右人言武后母本欽州人，今皆祀武后也。冠帔巍然，衆神環坐。所在神祠無不以武爲尊，巫者招神稱曰武太后娘娘，俗曰武婆婆也。」據改。

六君子贊

濂溪先生

道喪千載，聖遠言堙。不有先覺？孰開我人。書不盡言，圖不盡意。風月無邊，庭草交翠。書，《通書》。圖，《太極圖》。黄山谷曰：「周茂叔胸中磊落，如光風霽月。」程子曰：「自再見周茂叔後，吟風弄月以歸。」又曰：「周茂叔窗前草不除，云與自家意思一般。」

明道先生

揚休山立，玉色金聲。元氣之會，渾然天成。瑞日祥雲，和風甘雨。龍德正中，厥施斯普。揚，《禮記》注當作陽，如陽氣之休物。

伊川先生

規圓矩方，繩直準平。允矣君子，展也大成。布帛之文，菽粟之味。知德者希，孰識其貴？

橫渠先生

早悦孫吴，晚逃佛老。勇撤臯比，一變至道。精思力踐，妙契疾書。《訂頑》之訓，示我廣居。先生少喜談兵，後又出入于釋老。及反求六經，東見二程，淳如也。晚年攻釋氏之病，中其隱微。臯比，虎皮也。先生在京師，坐虎皮説《周易》。及二程子至，次日虎皮不設，曰：「吾説皆亂道，今有二程至，諸君可師之。」《訂頑》，《西銘》。廣居，仁也。

康節先生

天挺人豪，英邁蓋世。駕風鞭霆，歷覽無際。手探月窟，足躡天根。閑中今古，静裏乾坤。天根二句，用先生詩。《先天圖》：乾在上，一陰生爲姤，所謂月窟也；坤在下，一陽生爲復，所謂天根也。末二句亦先生詩。

涑水先生

篤學力行，清脩苦節。有德有言，有功有烈。深衣大帶，張拱徐趨。遺象凛然，可肅薄夫〔一〕。

【校記】

〔一〕朝鮮本此後增入《聚星亭贊》。

旌忠愍節廟銘

皇皇后帝，降衷下民。君臣之義，父子之仁。臣之事君，策名委質。報生以死，身豈遑恤？若魚熊掌，取舍之間。是孰使之？其性則然。林林之生，孰無此性？利害劫之，或失其正〔一〕。文武張公，投命重圍。擁孤弗遂，視死如歸。侃侃鄭公，遥遥孤壘。城亡與亡，其節亦偉。方時大變，衆潰如川。二公相望，砥柱屹然。慷慨臨危，一心如水。實全其天，萬世不死。招魂作主，帝有閔書。吏惰不稱〔二〕，神用弗居。孰見孰聞，孰嗟孰嘆。孰烝孰嘗，孰克用勸。守倅請命，奠此新宫。煌煌巨扁，合舊增崇。麗牲有碑，螭蟠龜負。我其銘之，過者必下。

張忠文公叔夜勤王，鄭威愍公驤守同州，皆死于節。信州守臣王自中爲之請，立廟于其鄉。

【校記】

〔一〕「失」，底本、國圖本作「大」，據朝鮮本改。

〔二〕「惰」，底本、國圖本作「情」，據朝鮮本改。

劉少傅銘子羽〔一〕

天警皇德，曰陂其平。復畀人傑，俾扶厥傾。薄言試之，于越于鎮。卒事于西，亦危乃定。始卻于秦，偪仄飄摇。一士之得，厥猷以昭。再蹶于梁，莫相予死。亦障其衝，校績愈偉。岷峨既奠，江漢滔滔。爾職于佚，我司其勞。曾是弗圖，讒口嗸嗸。載北載南，倏貶其褒。曰和匪同，識微慮遠。豈不諄諄，卒莫予展。我林我泉，我寄不淺。暮年壯心，有逝無反。惟忠惟孝，自我先公。勉哉嗣賢，克咸厥功。豈不咸之，又毁于成。詩勸來者，永其休聲。

【校記】

〔一〕朝鮮本收入此銘，題前有小注「删」。

祭延平先生文

道喪千載，兩程勃興。有的其緒，龜山是承。龜山之南，道則與俱。有覺其徒，望門以趨。惟時豫章，傳得其宗。一簞一瓢，凛然高風。猗歟先生，早自得師。身世兩忘，唯道是資。精義造約，窮深極微。凍解冰釋，發於天機。乾端坤倪，鬼秘神彰。風霆之變，日月之光。爰暨山川，草木昆蟲。人倫之正，王道之中。一以貫之，其外無餘。縷析毫差，其分則殊。體用混圓，隱顯昭融。萬變並酬，浮雲太空。仁孝友弟，灑落誠明。清通和樂，展也大成。婆娑丘林，世莫我知。優哉游哉，卒歲以嬉。迨其季年，德盛道尊。有來摳衣，發其蔽昏。侯伯聞風，擁篲以迎。大本大經，是度是程。税駕云初，講議有端。疾病乘之，醫窮技殫。嗚呼先生，而止於斯。命之不融，誰實尸之？合散屈伸，消息滿虚。廓然大公，與化爲徒。古今一息，曷計短長？物我一身，孰爲窮通？嗟惟聖學，不絶如綫。先生得之，既厚以全。進未獲施，退未及傳。殉身以殁，孰云非天？熹也小生，丱角趨拜。恭惟先君，實共源派。誾誾侃侃，斂衽推先。冰壺秋月，謂公則然。施及後人，敢渝斯志？從游十年，誘掖諄至。春山朝榮，秋堂夜空。即事即理，無幽不窮。相期日深，見勵彌切。蹇步方休，鞭繩已掣。安車暑行，過我衡門。返旆相遭，涼秋已分。熹於此時，適有命召。問所宜言，反覆教詔。最後有言：吾子勉之。凡兹衆理，子所自知。奉以周旋，幸不失墜。歸裝朝嚴，訃音夕至。失聲長號，淚落懸泉。何意斯言，而訣終天。病不舉扶，殁不飯含。奔赴後人，死有餘憾。儀刑永隔，卒業無期。墜緒茫茫，孰知我悲。伏哭柩前，奉奠以贄。不亡者存，鑑此誠意。

文公自言，始初爲學，好爲儱侗宏闊之言。後從李先生，皆不謂然。久之曰：「理不患其不一，所難者分殊耳。」講學切在，深潛縝密，然後氣味深長，蹊徑不差。若概以理一而不察乎其分之殊，此學者所以流於疑似亂真之説而不自知也。」此延平師友傳授端的，文公之學實得於此。「精義造約」止「浮雲太虛」一段，蓋發明此旨。鄧迪天啓論先生曰：「愿中如冰壺秋月，瑩澈無瑕。」韋齋深以爲知言，亟稱道之。玉山汪公應辰帥閩，禮聘先生。及先生至而暴卒，惜哉！

讀書樓銘　南軒先生張宣公

栻，敬夫

洪惟元聖，研幾極深。出言爲經，以達天心。天心煌煌，聖謨洋洋。有赫其傳，惠我無疆。嗟哉學子，生乎千載。孰謂聖遠，遺經猶在。孰不讀書，而味厥旨。章句是鑿，文采是事。矧其所懷，惟以禄利。茫乎四馳，其曷予暨？嗟哉學子，當知讀書。匪有所爲，惟求厥初。厥初惟何？爾所固然。因書而發，爾知則全。維誦維歌，維究維復。維以泳游，勿肆勿梏。維平乃心，以會其理。切于乃躬，以察以體。積功既深，有熚其明〔一〕。迥然意表，大體斯呈。聖豈予欺？實發予機。俾予自知，以永于爲。若火始燃，若泉始達。推之自兹，進孰予遏。若登泰山，益高益崇。維理無形，維經無窮。嗟哉學子，盍敬念兹〔二〕。以是讀書，則或庶幾。

王文憲曰：此篇駿健通達，足以起千載之沉痼。

【校記】

〔一〕「熚」，原作「烨」，國圖本、朝鮮本、内閣本同，據金律本、《金華叢書》本、《南軒集》改。

〔二〕「盍」，底本、國圖本作「蓋」，金律本、《金華叢書》本及《南軒集》作「盍」，據改。内閣本作「恭」，朝鮮本作「益」。

自新銘〔一〕

齒本白，一朝不漱，其污已積。面本白，一旦不頮，其垢已黑。體本白，一日不浴，其形已墨。齒雖污，漱之則即無。面知垢，其頮則即不。體雖墨其形，浴之則瑩然如玉潔且清。是知齒本無污，其污也實自吾。面本無垢，其垢也實自取。體本潔且清，其形之墨也實自成。齒本白而我自污，誰之辜？面本白而我自垢，誰之咎？體本白而我自墨，誰之慝？幸而一朝漱其齒，白者復爾。一旦頮其面，白者復見。一日潔其體而浴，白者復如玉。盍曰向也吾身，白者已塵；今焉澡雪，舊染維新。而今而後，殆不可復。士子守己，當如女子；文人治身，當如武人。女子居室，必無一毫點污，介然自守，如此是謂守己如女；武人殺敵，必須直前不顧，勇於自治，如此是謂治身如武。女不女，《易》所謂不有躬也；武不武，傳所謂我非夫者。身之白者渾全而未壞，貴常以不女之女爲戒。身之白者既壞而求全，謹無若不武之武人然。

【校記】

〔一〕此文底本及國圖本、内閣本、朝鮮本皆無，據金律本、《金華叢書》本收入。

葵軒石銘

正爾衣冠，無惰爾容。謹爾視聽，毋越爾躬。爾之話言，式循爾衷。爾之起居，式蹈爾庸。敬爾所動，毋窒其通。貞爾所存，無失其宗。外之云肅，攸保于中。中之克固，外斯牽從。天命可畏，戒懼難終。勒銘于石，用儆爾慵。

南劍州尤溪縣學傳心閣銘爲石子重作

惟民之生，厥有彝性。情動物遷，以隳厥命。惟聖有作，純乎天心。脩道立教，以覺來今。孰謂道遠，始卒具陳。俾爾由學，而聖可成。鄒魯云邈，異端日滋。白首章句，倀倀何之。惟子周子，崛起千載。獨探其源，以識其大。立象盡意，闡幽明微。聖學有傳，不曰在兹？惟二程子，實嗣其徽。既自得之，又光大之。有渾其全，則無不總。有析其精，則無不中。曰體曰用，著察不遺。曰隱曰微，莫間其幾。於皇聖心，如日有融。於赫心傳，來者所宗。有屹斯閣，尤溪之濱。翼翼三子，繪事孔明。儼然其秋，温然其春。揭名傳心，詔爾後人。咨爾後人，來拜于前。起敬起慕，永思其傳。于味其言，于考其爲。體于爾躬，以會其歸。爾之體矣，循其至而。爾之至矣，道豈異而。傳心之名，千古不渝。咨爾後人，無替厥初。

顧齋銘 爲宇文紹節作

人之立身，言行爲大。惟言易出，惟行易怠。伊昔君子，聿思其艱。嚴其樞機，立是防閑。於其有言，則顧厥爲。毫氂之浮，則爲自欺。克謹于出，内而不外。確乎其言，惟實是對。於其操行，則顧厥言。須臾弗踐，則爲己愆。履薄臨深，戰兢自持。確乎其行，惟實是依。表裏交正，動静迭資。若唱而和，若影而隨。伊昔君子，胡不慥慥。勉哉勿渝，是敬是保〔一〕。

【校記】

〔一〕朝鮮本此後，增入《主一齋銘》《消人欲銘》《長天理銘》。

諸葛忠武侯畫像贊

惟忠武侯，識其大者。仗義履正，卓然不舍。方卧南陽，若將終身。三顧而起，時哉屈伸。難平者事，不昧者幾。大綱既得，萬目乃隨。我奉天討，不震不竦。維一其心，而以時動。噫侯此心，萬世不泯。遺像有嚴，瞻者起敬。

南軒書院有諸葛忠武侯畫像，乃唐閻立本筆。文公謂敬夫盍爲之贊，先生援筆立就。文公跋其左方，以爲非深知忠武侯心事者不能道也〔一〕。

【校記】

〔一〕朝鮮本此後，增入《主一箴》。

熙熙陽春詩 静江勸農〔一〕

熙熙陽春，既發既舒。翼翼南畝，是展是圖。嗟爾農夫，各敬乃事。往利爾器，械爾婦子。惟生在勤，勤則及時。惟時之趨，時不爾違。淅淅甘雨，膏我下土。習習其風，和澤乃普。往即爾耕，惟力之深。往蒔爾苗，勿倦其耘。于日于夕，自遂自達。爾日勿忘，彼生孰遏。惟天之心，矜我下民。民不違天，使爾有成。既穟既實，既堅既好。爾穫既同，先養爾老。保爾家室，撫爾幼稚。既迄有年，復思嗣歲。嗟爾父老，其訓其誡。俾務于本，惟土物愛。不念其本，則越其思。所思既越，害斯百罹。嗟爾父老，其告其喻。爾之有生，君實覆汝。尊君親上，其篤勿忘。小心畏忌，率于憲章。嗟爾父老，教之孝悌。孰無父母，與其同氣。反于爾躬，孰無愛敬。即是而推，焉往不順？嗟爾父母，勿替諄諄。其未率從，警厲其身。告以禍患，其使知懼。無俾蹉跌，以陷罪罟。惟國之法，煒煒其垂。使爾知避，豈欲爾施。爾或自蹈，予疚予恫。曷使予懷，置于爾衷。於赫聖主，敷德流澤。布宣弗厪，時予之責。咨爾父老，助予念兹。豈予之助，報國是宜。粤以今日，勸相于郊。乃作此詩，以懋爾勞。咨爾父老，尚演厥義。其諷其歌，于鄉于里。俾一其心，服我訓言。擊鼓坎坎，自古有年。

《熙熙陽春》二十四章，章四句。

【校記】

〔一〕金律本、《金華叢書》本題爲「静江勸農詩」。

南康别朱先生〔一〕 劉静春 清之，子澄

岩岩康廬，滔滔彭蠡。雲烟葱蒨，風日清美。昔予懷思，夢寐千里。云何今日，登臨乃爾。康廬岩岩，彭蠡滔滔。余窺其逝，而俾其高。周旋是間，神歡意消。云胡不歸？勞心忉忉。有翩其羽，載飛載下。暮棲于林，朝集于渚。既安其止，亦獲其所。伊余云遠，曾不遑處。匪水何觀，匪山曷游？徂年邁邁，逝不我留。欣懷幾何，如彼隱憂。動樂静壽，舍是焉求？

【校記】

〔一〕按此詩《全宋詩》未收。

祭晦庵先生 建安范伯崇 念德

天之生賢，蓋亦不數。儲精孕靈，及河維嶽。厥惟孔艱，是以殊邈。先生之生，黄河其清。先生之亡，維嶽其頹。不知何年，復此胚胎。徒友紛集，窀穸告期。山哀浦思，雲慘風

悲。臨穴一慟，萬古長辭。

時僞禁嚴，會葬者亦幾千人。范念德方爲鑄錢司主管官，沿檄檢視坑塲，因便道會葬，率同門之士訣祭於墓隅。念德歸未至鄱陽，有旨鐫官罷任。蓋臺察劾其離次會葬云。

晦庵先生贊〔一〕　陳北溪　淳，安卿

德稟純陽，清明剛健。篤學真知，全體實踐。集儒之粹，會聖之精。金聲玉振，紹古作程〔二〕。

【校記】

〔一〕朝鮮本録此贊，題前小注「删」。

〔二〕此下朝鮮本增入《蒙齋銘》《敬義齋銘》《心經贊》《勿齋箴》《夙興夜寐箴》。

魯齋箴　北山何文定公　基，子恭

王子會之名其齋曰魯，既爲記以自警，復俾其友人何基子恭父作箴揭之〔一〕。基謂王

子非魯者也，而自以爲魯，豈不以昔者曾子之在聖門見謂爲魯〔二〕，而一貫之妙獨參得之，蓋將從事於篤實堅苦之學，以收曾氏之效也與。其志可謂遠矣，乃爲之箴。曰：

惟人之生，均稟太極。萬理森然，咸具物則。知覺虛靈，是謂明德。或蔽而昏，則由氣質。曷開其明，曷去其塞？復其本然，惟學之力。昔者子輿，萬世標的。始病於魯，竟以魯得。匪得於魯，而得于實。確固深純，精察嚴密。稽其用功，有始有卒。履薄臨深，是警是飭。日省者三，猶懼或失。講辯聖門，是纖是悉。聞禮聞孝，寸累銖積。誠明兩進，敬義偕立。一唯領會，萬理融液。彼達如賜，乃弗能及。孰謂參魯，收功反亟。卓哉王子，追蹤在昔。有扁斯名，朝警夕惕。勿病於魯，謂質難易。勿安於魯，謂思無益。由魯入道，有曾可式。氣稟之偏，則懲則克。義理之微，則辯則析。知行兼盡，內外交迪。確乎其志，前哲是迷。人百己千，明乃可必。從而上達，則在不息。滅裂鹵莽，乃吾自賊。歸咎於魯，豈不大惑？我作斯箴，侑坐是勒。勿貳爾心，服膺無斁。

【校記】

〔一〕「子」，底本、國圖本、內閣本、朝鮮本皆作「仲」，據金律本、《金華叢書》本改。

〔二〕「豈不以昔者曾子之在聖門見謂爲魯」，金律本、《金華叢書》本無此句。

潛夫井銘

井道之成，功在上出。既潔既甃，斯可用汲。體常用周，繄井之德。勿慕有孚，是謂元吉。射鮒與禽〔一〕，井道幾息。渫而弗用，井則何失。我卜斯井，寒泉之食。非惟食之，亦以觀德。惟泉有源，其來罔極。惟德有本，其進無斁。我泉日新，我德日益。相彼井矣，爲吾之則。井泥斯廢，心茅則塞。我作斯銘，井陰是勒。有不潔修，明神其殛。

【校記】

〔一〕「鮒與」，底本作「鮪無」，國圖本作「鮨無」，内閣本、朝鮮本皆作「鮒無」，據金律本、《金華叢書》本及《何北山先生遺集》改。

蒲圻周令君銘〔一〕

十室之邑，有民有社。可以行志，可以宣化。胡彼不仁，謂邑爲債。貪斤暴斧，椎剥是怯。恂恂周公，冰雪自清。循良之績，與世作程。靈山之原，其椐其檉。彌千萬年，德人之塋。

【校記】

〔一〕朝鮮本録此銘，題前小注「删」。

三君子贊爲金吉父書〔一〕

魯齋王文憲公 柏，仲會

朱文公

龍門餘韻，冰壺的源。理一分殊，折衷群言。潮吞百川，雷開萬户。灑落荷珠，沛然教雨。

張宣公

歷埃勇進，欲蜕理融。濂溪霽月，沂水春風。先立乎大，未見其止。志氣偉然，死而後已。

吕成公

片言妙契，氣質盡磨。八世文獻，一身中和。手織雲漢，心衡今古。鼎峙東南，乾淳鄒魯。

【校記】

〔一〕按此處三贊不見《魯齋集》，《全宋詩》《全宋文》皆未收。

秋蘭辭〔一〕

蘭之青青，其勢幽幽。空山露冷，其誰與儔？靈均邈矣，高風颼飀。濯之清泉，植以古甌。相彼草木，臭味相求。豈無君子？德馨與侔。

【校記】

〔一〕朝鮮本録此辭，題前小注「删」。按此詩《魯齋集》未收。

愛日齋箴爲族孫璞作

天地之化，一日不停。歲不我與，日月駿奔。是以君子，自强不息。審己乾乾，夕焉斯惕。禹惜寸陰，周公待旦。矧是聖人，罔敢或倦。出作入息，衆人蚩蚩。自暴自棄，老大傷悲。我年當少，我學不力。明德昧昧，噬臍無及。嗟爾小子，毋曰妙齡。髫齓幾何，頎頎而巾。爾寒襲裘，爾飢重味。師友琢磨，家庭訓誨。窗牖明潔，硯席靖夷。于焉不學，鳥獸須眉。相期爾深，爾勵爾勉。毋視他人，我監不遠。一善一惡，夢覺之間。一喜一懼，父母之年。於斯二者，兢兢業業。毋怠而忘，毋作而輟。東方明矣，圖書滿前。視此名扁，千程一鞭。日云暮矣，默計爾工。歌此銘詩，冰炭爾衷。

濂洛風雅卷之二

古體之次

李仲通銘　明道先生

二氣交運兮，五行順施。剛柔雜揉兮，美惡不齊。禀生之類兮，偏駁其宜。有鍾粹美兮，會元之期。聖雖可學兮，所貴者資。便儇皎厲兮，去道遠而。文公取入《附録》止此。展矣仲通兮，賦材特奇。進復甚勇兮，其造可知。德何完兮命何虧，秀而不實聖所悲。孰能使我無愧辭，後欲有考觀銘詩。

西銘　横渠先生

横渠書院雙牖，左書「砭愚」，右書「訂頑」。伊川曰：「是起争端。」改砭愚曰東銘，訂頑曰西銘。

乾稱父，坤稱母。予茲藐焉，藐音眇，如藐孤之藐。乃混然中處。故天地之塞吾其體，天地之帥吾其性。民吾同胞，物吾與也。母、處與協。大君者，吾父母宗子。其大臣，宗子之家相也。尊高年，所以長其長。相、長隔句叶。慈孤弱，所以幼吾幼。聖其合德，賢其秀也。凡天下罷癃殘疾、煢獨鰥寡，皆吾兄弟之顛連而無告者也。于時保之，子之翼也。樂且不憂，純乎孝也。違曰悖德，害仁曰賊。濟惡者不才，其踐形惟肖者也。幼、秀、告、考、肖叶。知化則善述其事，窮神則善繼其志。不愧屋漏爲無忝，存心養性爲匪懈。叶，音異。惡旨酒，崇伯子之顧養；育英才，潁封人之錫類。事、志、懈、類叶。不弛勞而底豫，舜其功也；無所逃而待烹，申生其恭也。體其受歸全者，參乎？勇于從而順令者，伯奇也。奇與參叶。關西人讀如并。〔一〕富貴福澤，將厚吾之生也。貧賤憂戚，庸玉女于成也〔二〕。存吾順事，殁吾寧也。參、奇、生、成、寧叶。〔三〕

【校記】

〔一〕「西」，底本、國圖本作「両」，據内閣本、朝鮮本改。

〔二〕「庸」，底本、内閣本作「屬」，據國圖本改。

〔三〕金律本、《金華叢書》本無文中小注，文末附有朱子對銘文之注解。

東銘

戲言出于思也，戲動作于謀也。謀，古韻叶音眉。發于聲，見乎四支，謂非己心不明也。欲人無己，疑不能也。過言非心也，過動非誠也。失于聲，謬迷其四體，謂己當然，自誣也。欲他人己從，誣人也。或者謂出于心者，歸咎爲己戲；失于思者，自誣爲己誠。不知戒其出汝者，歸咎其不出汝者。長傲且遂非，不智孰甚焉？二銘乃古書韻語之體，今拈出音叶以便誦咏。

古樂府〔一〕

載近觀漢魏而下，樂府有名正而意調卒卑者。嘗革舊辭而追正題意，作樂府九篇。末篇《鞠歌行》，今附以見懷寄二程。

靈旗指，不庭方，大風泱泱天外揚。短簫歌，歌愷康，朝廷萬年，繼明重光。曾孫穧，如茨梁，嘉與萬邦，純嘏有常。

右短簫歌

日重光，天際翔，願言貞明永瞻望。月重輪，淡溟淵，願猶月之恒，協帝儀中天。

右日重光

度關山，循九州，省耕寬徭詢明幽。人爲貴兮，哀我人斯敢予休。

右度關山

雞鳴嘐嘐兮，台懷憂。兄弟表裏兮，台心求。黄金門，白玉堂。置酒愷樂，榮華有光。桃傷李僵，爾如或忘〔二〕。

右雞鳴

對酒今朝，樂時明昌。物若人和，台憂彌忘。嘉與臣隣，在帝讌樂，允予武兮無荒。

右對酒今朝〔三〕

小雅發兮，東山不作。哀我人斯，皇心不樂。烝哉斯人，胡然而天兮，王師于鑠。

右燕歌行

古風出東門，我行樂巾綦。今歌東門行，牽衣强留甘餔糜。仗劍去予忽如遺〔四〕，時清君去予心哀。

右東門行

【校記】

〔一〕此題下各篇，金律本、《金華叢書》本皆無「右」字。

〔二〕「忘」，底本、國圖本作「志」，據金律本改。
〔三〕金律本、《金華叢書》本無此篇。
〔四〕「予」，金律本、《金華叢書》本無此字。

鞠歌行

《通志》曰：古樂府有《鞠歌行》，乃相和而歌，平調。

鞠歌胡然兮，邈余樂之不猶。宵耿耿其尚寐兮，日孜孜焉繼予乎厥修。井行惻兮王收，曰曷賈不售兮，阻德音其幽幽。述空文以見志兮，庶感通乎來古。搴昔爲之純英兮，又申申其以告。鼓弗躍兮麾弗前，千五百年寥哉寂焉。謂天實爲兮則吾豈敢，羌審己兮乾乾。王文憲曰：此古樂府之名。張子嘆道之不行，思欲著書以覺來世，因述己志而作也。分爲三章。第一章乃聖賢憂世之誠，第二章欲託空言以啓來世，第三章嘆作興之難，但盡其在我而已〔一〕。

【校記】

〔一〕此篇之下，朝鮮本增入《擬招》《祭伊川先生文》《朱元晦祝辭》。

虞帝廟樂歌辭　朱文公〔一〕

皇胡爲兮山之幽，翳長薄兮俯清流。眇冀州兮何有，眷兹土兮淹留。皇之神兮如在，子我民兮不窮以愛。沛皇澤兮横流，暢威靈兮無外。潔尊兮肥俎，九歌兮招舞。嗟莫報兮皇之祜，皇欲下兮儼相羊，烈風雷兮暮雨。

虞之陽兮漓之滸，皇降集兮巫屢舞。桂酒湛兮瑶觴，皇之歸兮何所。龍駕兮天門，羽旄兮繽紛。俯故宫兮一慨，越宇宙兮無鄰。無鄰兮奈何，七政協兮群生嘉。信玄功兮不宰，猶彷彿兮山阿。

【校記】

〔一〕「朱文公」，金律本、《金華叢書》本無此三字。

劉屏山蒙齋琴銘〔一〕

抑之幽然者，若直其遇險而止。寫之泠然者，若導其出山之泉。蓋先生之言，不可得而聞矣。若其亨貞之意，則托兹器而猶傳。

【校記】

〔一〕金律本、《金華叢書》本題下有「朱晦庵」三字。

紫陽琴銘

養君中和之正性，禁爾忿欲之邪心。乾坤無言物有則，我獨與子鈎其深〔一〕。

【校記】

〔一〕此篇之下，朝鮮本增入《感春賦》《白鹿洞賦》。

招隱操

淮南小山作《招隱》，極道山中窮苦之狀，以風切遁世之士，使無遐心，其旨深矣。其後左太冲、陸士衡相繼有作。雖極清麗，顧乃自爲隱遁之辭，遂與本題不合。故王康琚作詩以反之，雖正左、陸之誤，而所述乃老氏之言，又非小山本意也。十月十六夜，許進之挾琴過予書堂〔一〕，夜久月明，風露凄冷。揮弦度曲，聲甚悲壯。既乃更爲《招隱之操》，而曰：穀城老人嘗欲爲予依永作辭而未就也。予感其言，因爲推本小山遺意，戲作一闋，又爲一闋以反之。口授進之，并請穀城老者及諸名勝相與共賦之〔二〕，以備山中異時故事云。

南山之幽，桂樹之稠，枝相樛。高拂千崖素秋，下臨深谷之寒流，王孫何處攀援久淹留。聞説山中，虎豹晝嗥。聞説山中，熊羆夜咆。叢薄深林鹿呦呦，獮猴與君居，山鬼伴君游，君獨胡爲自聊？歲云暮矣將焉求？思君不見，我心徒離憂。招隱

南山之中，桂樹秋風雲冥濛。下有寒栖老翁，木食澗飲迷春冬。此間此樂，優游渺何窮？我愛陽林，春葩晝紅。我愛陰崖，寒泉夜淙。竹柏含烟悄青葱。徐行發清商，安坐撫枯桐。不問簞瓢屢空，但抱明月甘長終。人間雖樂，此心與誰同〔三〕？反招隱〔四〕

【校記】

〔一〕「許」，底本缺，國圖本作「揭」，據金律本改。

〔二〕「老」，底本、國圖本作「七」，據金律本改。「老者」，朝鮮本作「老人」。

〔三〕「誰」，底本、國圖本作「離」，據他本及《晦庵集》改。

〔四〕此篇之下，朝鮮本增入《釣臺詞》《四齋銘》。

張敬夫畫像贊

擴仁義之端，至于可以彌六合。謹善利之判，至于可以析秋毫。拳拳乎其致主之功，汲汲乎其幹父之勞。仡仡乎其任道之勇，卓卓乎其立心之高。知之者識其春風沂水之樂，不知者以爲湖海一世之豪。彼其揚休山立之姿，既與其不可傳者死矣，觀于此者，尚有以卜其見伊吕而失蕭曹也耶？

吕伯恭畫像贊

以一身而備四氣之和，以一心而涵千古之秘。推其有，足以尊主而庇民。出其餘，足以範俗而垂世。然而狀貌不踰于中人，衣冠不詭于流俗。迎之而不見其來，隨之而莫睹其躅。矧是丹青，孰形心曲？惟嘗見之者于此而得見之焉，則不但遺編之可續而已也。

書畫像自警

從容乎禮法之場，沉潛乎仁義之府。是予蓋將有意焉〔一〕，而力莫能與也。佩先師之格言，奉前哲之遺矩。惟闇然而日修，或庶幾乎斯語。

【校記】

〔一〕「予」，底本作「手」，國圖本缺，據《晦庵集》改。

謁陶唐帝廟詞〔一〕　張宣公

溪交流兮谷幽，山作屏兮曾丘。木偃蹇兮枝相樛，皇何爲兮于此留。藹冠佩兮充庭，潔芳馨兮載陳。繩衣兮在御，東風吹兮物爲春。皇之仁兮其天，四時序兮何言。出門兮四顧，渺宇宙兮茫然。

【校記】

〔一〕金律本、《金華叢書》本無此篇。

風雩亭辭〔一〕　南軒

嶽麓書院之南有曾丘焉，于登覽爲廣。建安劉公命作亭其上，以爲青衿游息之地。廣漢張栻名以風雩，又繫以詞。

眷麓山之回隩，有弦誦之一宫。欝青林兮對起，背絶壁之穹窿。獨樵牧之往來，委榛莽其蒙茸。試芟夷而卻視，翕衆境之來宗。擢連娟之脩竹，森偃蹇之喬松。山靡靡以旁圍，谷窈窈而潛通。翩兩翼兮前張，擁千麾兮後從。帶湘江兮浮緑，矗遠岫兮横空。何地靈之久閟，昉經始乎今公。怳棟宇之宏開，列闌楯之周重。撫勝概以獨出，信兹山之有逢。予揆名而諏義，爰遠取于舞雩之風。昔洙泗之諸子，侍函丈以從容。因聖師之有問，各跽陳其所衷。獨點也之操志，與二三子兮不同。方舍瑟而鏗然，諒其樂之素充。味所陳之紆餘，夫何有于事功？蓋不忘而不助，亦何始而何終？于鳶飛而魚躍，實天理之中庸。覺唐虞之遺烈，儼洋洋乎目中。惟夫子之所與，豈虚言之是崇？嗟學子兮念此，遡千載以希蹤。希蹤兮奈何？曷務勉乎敬恭。審操舍兮斯須,凛戒懼兮冥濛。防物變之外誘,遏氣習之内訌。寢私意之脱落,日本心之昭融。斯昔人之妙旨,可實得于予躬。循點也之所造,極顔氏之深工。登斯亭而有感,期用力于無窮。

【校記】

〔一〕此篇,底本、國圖本、内閣本皆位於卷末,據朝鮮本、金律本、《金華叢書》本調整。朝鮮本于《風雩亭辭》之後,增入《自修銘》。

夜氣箴　西山先生真文忠公〔一〕

子曷觀夫冬之爲氣乎?木歸其根,蟄坏其封。凝然寂然〔二〕,不見兆眹。而造化發育之妙,實胚胎乎其中。蓋闔者闢之基,正者元之本,而艮所以爲物之始終。夫一晝夜者三百六旬之積,故冬爲四時之夜,而夜乃一日之冬。天壤之間,群動俱閴,窈乎如未判之鴻濛。維人之身,嚮晦宴息,亦當以造物而爲之宗。必齋其心,必肅其躬。不敢弛然自放于牀笫之上,使慢易非僻得以賊吾之衷。雖終日乾乾,靡容一息之間斷,而昏冥易忽之際,尤當致戒謹之功。蓋安其身,所以爲朝聽晝訪之地。而夜氣深厚,則仁義之心亦造乎其不窮。本既立矣,而又致察于事物周旋之頃。敬義夾持，動静交養，則人欲無隙之可入，天理皦乎其昭融。然知及之，而仁弗能守之，亦空言其奚庸？爰作箴以自砭，常凜凜乎瘝恫。孟子言外之意。

【校記】

〔一〕作者標注，金律本、《金華叢書》本作「真西山」。

〔二〕「凝」，底本、國圖本作「疑」，據《西山文集》改。

濂洛風雅卷之三

五言古風

移疾　横渠

移疾謝華省，問耕還敝舍。扶持便疏慵，曠僻逃將迓。晝棊莎徑側，暮粥桐陰下。久矣澄清心，永愧桑弧射。

古樂府君子行

君子防未然，見幾天地先。開物象未形，彌蓄憂患前。文公立無方，不恤流言喧。將聖見亂人，天厭懲孤偏。竊攘豈予思，瓜李奚足論。

書座右　學士張思叔　繹

凡語必忠信，凡行必篤敬。飲食必慎節，字畫必楷正。容貌必端莊，衣冠必肅整。步履必安詳，居處必正静。作事必謀始，出言必顧行。常德必固持，然諾必重應。見善如己出，見惡如己病。凡此十四者，我皆未深省。書此當坐隅，朝夕視爲警。

寄友人

有客厭事事，潔身山之幽。寒暑不相貸，乃有卒歲憂。有生此有事，簡之成贅疣。澄江本無浪，不如信虚舟。六經乃道要，毋以利心求。一朝與理會，萬境真天游。伊水正清泠〔一〕，子行無滯留。西風昨夜至，送子駛中流。落月灑殘夢，已著古渡頭。我病强送君，是行良難儔。異時青門下，誰識東陵侯。

【校記】

〔一〕「泠」，國圖本同，他本皆作「泠」。

此日不再得　龜山楊文靖公

時，中立

此日不再得，頹波注扶桑。躩躩黄小群，毛髪忽已蒼。願言媚學子，共惜此日光。術業貴及時，勉之在青陽。行矣慎所之，戒哉畏迷方。舜跖善利間，所差亦毫芒。富貴如浮雲，苟得非所臧。貧賤豈吾羞，逐物乃自戕。胼胝奏艱食，一瓢甘糟糠。所逢義適然，未殊行與藏。斯文已云殁〔一〕，簡編有遺芳。希顔亦顔徒，要在用心剛。譬猶適千里，駕言勿徊徨。驅馬日云遠，誰謂阻且長。末流學多岐〔二〕，倚門誦韓莊。出入四寸間，雕鐫事詞章。學成欲何用，奔趨利名場。挾筴博塞游，異趣均亡羊。我懶心意衰，撫事多遺忘。念子方妙齡，壯圖宜自强。至寶在高深，不憚勤梯航〔三〕。茫茫定何求，所得安能常。萬物備吾身，求得舍則亡。雞犬猶知尋，自棄良可傷。欲爲君子儒，勿謂予言狂。

【校記】

〔一〕「文」，内閣本、朝鮮本作「人」。

〔二〕「末流學多岐」，國圖本作「末學每多岐」。

〔三〕「勤」，底本、國圖本、内閣本作「勒」，據他本改。

寄臨川學者四首〔一〕　東萊吕舍人　本中，居仁

我思臨川居，欲往意未慊。每懷二三子，歲月多荏苒。後生慎所習，譬若絲在染。未須極軒昂，且須就收斂。舉動思古人，此志豈不遠。才雖有高下，事亦要强勉。願爲江海深，豈作盆盎淺？

世人争錙銖，未語色已變。居然面頸赤，自處亦已賤。寧知烈士胸，渠自有志願。一介不妄取，萬鍾吾已倦〔二〕。古人有伯夷，名冠太史傳。

見人輒有求，所以百慮非。但能守簞瓢，何事不可爲？愚夫飽欲死，志士固常飢。出門萬里途，其亦慎所之。

莫惜一日勤，而忘終身憂。農夫力耕作，其必望有秋。目前不鹵莽，久亦有倍收。少年不努力，長大復何求？

【校記】

〔一〕金律本、《金華叢書》本無「四首」二字。朝鮮本作「三首」，實爲誤計。朝鮮本於「見人輒有求」一首上有小注「删」。金律本、《金華叢書》本第二、三、四首之後，有「其二」「其三」「其四」字樣。

〔二〕「已」，國圖本作「亦」。

出門見明月〔一〕

出門見明月，入門思故人。故人如此月，一見一回新。明月相見多，故人相見少。問爾何因緣，長似此月好。故人在何處？南北東西路。明月在咫尺，夜夜庭前樹。明月莫虧缺，故人莫離别。願月如故人，故人亦如月。

【校記】

〔一〕朝鮮本題前小注「删」。

微雨〔一〕

吏部朱韋齋 松，喬年

端居身百憂，况乃貧病俱。天公頗相哀，雨我蔬藥區。曉霽新青勻，日薄生意蘇。衛生固未必，一飽行可圖。故園天一涯，茅荊誰爲鋤。崢嶸歲云晚，此念當何如。

【校記】

〔一〕朝鮮本題前小注「删」。

秋懷〔一〕

窣堵超玉繩，影落夜窗寂。火雲一洗空，玉露清欲滴。緬懷天涯弟，起坐三嘆息。歸同讀書燈，晤語永佳夕〔二〕。

【校記】

〔一〕朝鮮本題前小注「删」。
〔二〕「語」，國圖本同，内閣本、朝鮮本作「話」，金律本、《金華叢書》本作「言」。

度石楝嶺〔一〕

我行欲安適，車馬踰山樊。谷深不敢瞬，危磴争猱猿。坡陀兩山間，寂歷三家村。茅簷青裙婦，蓬髪薪烟昏。敲冰那可飲，分我一掬温。郎樵晚未歸，客至不與言。不奉沙頭巵，肯投柳下門？作詩配《國風》，行者式其藩。

【校記】

〔一〕朝鮮本題前小注「删」。

雜興題永和壁〔一〕

身輕客已去，睡美體新沐。南風吹好句，歷歷韻松竹。雖無天耳聽，擬以幽夢續。不辭舉似人，恨汝新眼肉。

【校記】

〔一〕朝鮮本題前小注「删」。

負暄　屏山劉彥翀 子翬

宵寒卧增裯，晝寒起增衣。何如負暄樂，高堂日暉暉。引光扉盡闢，追影榻屢移。妙趣久乃酣，瞑目潛自知。初如擁紅爐，凍粟消頑肌。漸如飲醇醪，暖力中融怡。欠伸百骸舒，爬搔隨意爲。頗回驕佚氣，頓改寒酸姿。薰然沐慈仁，天恩豈予私。願披横空雲，四海同熙熙。矯首望扶桑，傾心效園葵。王文憲曰：此篇善形容。推廣學問，浹洽于胸中者，亦如是哉。

飲租户〔一〕

我病不任耕，歲收仰微租。蒙成每自愧，一飽便有餘。連觴使之釂，醉語雜叫呼。野人無他腸，吾輩恐不如。

【校記】

〔一〕朝鮮本題前小注「删」。

種菜〔一〕

傍舍植柔蔬〔二〕，携鋤理荒穢。桔槔勤俯仰，一雨功百倍。朝來緑暎土，新葉揺肝肺〔三〕。牛羊勿踐履〔四〕，食肉屠爾輩〔五〕。

【校記】

〔一〕朝鮮本題前小注「删」。

〔二〕「柔」，《屏山集》同，金律本、《金華叢書》本作「桑」。

〔三〕「肝肺」，諸本皆作「肺肺」，據《屏山集》改。

〔四〕「履」，諸本同，《屏山集》作「畦」。

〔五〕「食肉」，諸本同，《屏山集》作「肉食」。

遠游篇十九歲所作〔一〕

朱文公

舉坐且停酒，聽我歌遠游。遠游何所至？咫尺視九州。九州何茫茫，環海以爲疆。上有孤鳳翔，下有神駒驤。孰能不憚遠？爲我游其方。爲子捧樽酒，擊鋏歌慨慷。送子臨大路，寒日爲無光。悲風來遠壑，執手空徊徨。問子何所之？行矣戒關梁。世路百險艱，出門始憂傷。東征憂暘谷，西游畏羊腸。南轅犯癘毒，北駕風裂裳。願子馳堅車，躐險摧其剛。峩峩既莫支，鎖鎖誰能當？朝登南極道，暮宿臨太行。睥睨即萬里，超忽凌八荒。無爲甃甓者，終日守空堂。

【校記】

〔一〕朝鮮本題前小注「删」。

酬敬夫贈言并以爲别〔一〕

我行二千里，訪子南山陰。不憂天風寒，况憚湘水深。辭家仲秋旦，税駕九月初。問此爲何時，嚴冬歲云徂。勞君步玉趾，送我登南山。南山高不極，雪深路漫漫。泥行復幾程，今夕宿櫧州。明當分背去，惆悵不得留。誦君贈我詩，三嘆增綢繆。厚意不敢忘，爲君商聲謳〔二〕。

【校記】

〔一〕朝鮮本題前小注「删」。

〔二〕「聲」，底本、國圖本、金律本、《金華叢書》本作「擊」，據朝鮮本、内閣本及《晦庵集》改。

又

昔我抱冰炭，從君識乾坤。始知太極藴，要妙難名論。謂有寧有跡，謂無復何存。惟應酶酢處，特達見本根。萬化自此流，千聖同兹源。曠然遠莫禦，惕若神不煩〔一〕。云何學力微，未勝物欲昏。涓涓始欲達，已被黄流吞。豈知一寸膠，救此千丈渾。勉哉共無斁，此語期相敦。

【校記】

〔一〕「神」，《晦庵集》作「初」。

卧龍庵武侯祠

空山龍卧處，蒼峭神所鑿。下有寒潭幽，上有明河落。我來愛佳名，小築寄幽壑。永念千載人，丹心豈今昨。英姿儼繪事，凛若九原作。寒藻薦芳馨，飛泉奉明酌。公來識此意，顧步慘不樂。抱膝一長吟，神交付冥漠。

齋居感興二十首〔一〕

余讀陳子昂《感遇詩》，愛其詞旨幽邃，音節豪宕，非當世詞人所及。如丹砂空青，金膏水碧，雖近乏世用，而實物外難得自然之奇寶。欲效其體作十數篇，顧以思致平凡，筆力萎弱，竟不能就。然亦恨其不精於理，而自托於仙佛之間以爲高也。齋居無事，偶書所見，得二十篇。雖不能探索微眇，追迹前言，然皆切于日用之實，故言亦近而易知，既以自警，且以貽諸同志云。

昆崙大無外，天也。昆音混。旁薄下深廣。地也。陰陽無停機，寒暑互來往。皇犧古神聖，妙契一俯仰。不待窺馬圖，人文已宣朗。渾然一理貫，昭晰非象罔。珍重無極翁，爲我重指掌。

右一章

北山何文定曰：此章當作三節看，然首尾只一意。首四句言盈天地間别無物事，一陰一陽，流行其中，實天地之功用，品彙之根柢。次六句言伏羲觀象設卦〔二〕，開物成務，建立人極之功。末二句周子立圖著書，發明《易》道，再開人極之功。無極翁只是舉濂溪之號，猶昔人目范太史爲《唐鑑》翁爾。此篇只是以陰陽爲主，後面諸章亦多是説此者。而諸説推之太過，蔡仲覺謂此篇言無極太極，不知於此章指何語爲説太極，況無極乎？太極固是陰陽之理，言陰陽則太極已在其中。但此篇若强揠作太極説，則一章語脉皆貫穿不來。此等言語涀瀁，最説理之大病也。

吾觀陰陽化，升降八紘中。前瞻既無始，後際那有終。至理諒斯存，萬世與今同。誰言混沌死，幻語驚盲聾。儵忽鑿混沌，日鑿一竅，七日而混沌死。語出《莊子》。

右二章

勉齋黄文肅曰：兩篇皆是言陰陽，但前篇是説横看底，此篇是説直看底。所謂横看者，是上下四方、遠近小大，此氣拍塞，無一處不周，無一物不到。所謂直看者，是上自開闢以來，下至千萬世之後，只是這个物事流行不息。

人心妙不測，出入乘氣機。凝冰亦焦火，淵淪復天飛。至人秉元化，動静體無違。珠藏澤自媚，玉韞山含暉。神光燭九垓，玄思徹萬微。塵編今寥落，嘆息將安歸。

右三章

何文定曰：此章言人心出入無時，莫知其鄉。凝冰焦火，則喜怒憂懼不常之心也。淵淪天飛，則奔逸不制之心也。皆氣之所爲，孟子所謂放心也。惟聖人之心能自爲主宰，如元化之能宰制萬有，故曰秉元化也。昔人謂氣爲馬，心爲君。心之出入，蓋隨氣之動静如乘馬然，故曰乘氣機。惟心君，則能爲之主宰，政此之謂。動静體無違，此「體」字如「以身體道」之「體」。蓋其一動一静，此心無不醒，定不曾離這腔子内，此之謂「體」。曰無違者，謂雖動静萬變而無少間斷也。惟其静而常能體之，故和順積中，見面盎背，如玉潤山、珠媚川也。惟其動而常能體之，故神完思清，明無不達，而能燭九垓、徹萬微也。

如此豈復有前二者之患？然此聖學也，自世教非古，没一世于詞華利欲之塗[三]，聖賢傳心之要雖具在方册，而棄爲塵編，曾不顧省。于斯時也，有志于道者將安歸乎？此所以重發紫陽之嘆息也。

静觀靈臺妙，萬化從此出。云胡自蕪穢，反受衆形役。厚味紛朵頤，妍姿坐傾國。崩奔不自悟，馳騖靡終畢。君看穆天子，萬里窮轍迹。不有《祈招》詩，徐方御宸極。周穆王西巡狩忘歸，徐偃王僭號，穆王長驅歸周，命楚伐徐。又《左氏傳》曰：穆王欲肆其邪心，周行天下。祭公謀父作《祈招》之詩，以止王心。

右四章

何文定曰：此章言人心至爲虚靈，萬理畢具，酧酢萬務，經緯萬方，孰非此心之妙用？自應役萬物而君之，今反以徇欲之故，此心不宰，坐受耳目鼻口、四肢衆形之役而不自覺。飲食男女固欲之大，然凡物之可喜可好者，亦悉爲此誘，奔趨馳騖，無有止息。穆王車轍萬里，肆其侈心，幾至亡國而後已。看得前章是言至人盡性，此心不放而常存，故其妙至于光燭徹微。此章是言衆人徇欲，故心常放而不收，其究至于亡國敗家猶所不顧。此其聖狂之分，奚翅天淵之遠？然其端甚微，只在一念放收之間。此道心所以爲微，人心所以爲危也。古之君子所以一生戰戰兢兢，至啓手足而後知免，蓋以此也。

涇舟膠楚澤，周綱已陵夷。況復《王風》降，故宫黍離離。玄聖作《春秋》，哀傷實在兹。祥麟一以踣，反袂空漣洏。漂淪又百年，僭侯荷爵珪。王章久已喪，何復嗟嘆爲？馬公述孔業，托始有餘悲。拳拳信忠厚，無乃迷先幾。

右五章

東京失其御，刑臣弄天綱。西園植奸穢，五族沉忠良。青青千里草，董卓。乘時起陸梁。當塗轉凶悖，讖云：代漢者當塗高。謂魏也。炎精遂無光。桓桓左將軍，昭烈爲左將軍。仗鉞西南疆。伏龍一奮躍，鳳雛亦飛翔。祀漢配彼天，出師驚四方。天意竟莫回，王圖不偏昌。晉史自帝魏，後賢曷更張？世無魯連子，千載徒悲傷。

右六章

晉陽啓唐祚，隋末高祖爲太原留守，領晉陽宫監。太宗與裴寂取宫人私侍高祖，劫以起兵焉。王明紹巢封。太宗殺巢，剌王元吉，以其妃生子明，遂以爲其後。垂統已如此，繼體宜昏風。麀聚瀆天倫，牝晨司禍凶。高宗武后本太宗才人。乾綱一以墜，天樞遂崇崇。淫毒穢宸極，虐焰燔蒼穹。向非狄仁傑。張柬之。徒，誰辨取日功？云何歐陽子，秉筆迷至公。唐經亂周紀，凡例孰此容？侃侃范太史，受説伊川翁。《春秋》二三策，萬古開群蒙。

右七章

何文定曰：五章至七章，皆是爲温公《通鑑》而作。蓋此詩其首二章，是説陰陽造化，一經一緯。次二章，是説人心一善一惡。論其次序，便當及于經世之事。而古今治亂得失具于史册者，獨温公《通鑑》一書最爲詳備有法。然温公此書欲接《春秋》，而一時區處猶間有未盡善者。如此詩三章所指之失，蓋其節目之大者。五章言托始之意失于先幾，蓋自胡致堂發之，而文公亦謂其然，嘗具其説于《綱目》矣，然猶可也。至如六章、七章所指，乃君臣之綱，天經地義，萬世不可易者。今乃出帝室之胄，而以鬼蜮篡賊接東漢之統；去嗣聖之年，而以牝雞淫婦亂唐室之緒。此則大失，豈可以爲訓誡？故朱子深爲温公惜之，而再修《綱目》之編也。但以温公盛德，素所尊敬，雖咨嗟嘆息，而常婉其詞。如言帝魏，歸罪于晉史，而望後賢更張，則所以望公也。既不能然，則嘆無魯仲連，以致悲傷之意。又如紀武氏事，罪歐公以周紀亂唐經，而美范太史能削武氏之號，繫嗣聖之年，且歲書帝在房陵，謂其得《春秋》之二三策，而其説受之伊川。温公書武氏於《通鑑》，亦不能改六一翁之舊。此義伊川亦嘗言于温公，況范氏實隸修《通鑑》局，分管唐史。此義未有不陳于温公者，但公自不以爲然爾。此皆朱子至不滿於温公言外之意，但其言甚婉切，人不知爲《通鑑》而發。

朱光偏炎宇，微陰眇重淵。寒威閉九野，陽德昭窮原〔四〕。文明昧謹獨，昏迷有開先。幾微諒難忽，善端本綿綿。掩身事齋戒，及此防未然。閉關息商旅，絶彼柔道牽。

右八章

何文定曰：首四句言天道消長之幾，次四句言人心善惡之幾。蓋天地只有一個陰陽，無物不體，無不自人身上透過。故人身氣機實與天地同運，故君子於陰陽初動之時，自當隨時省察，以盡閑邪育德之道。惡則不忽于幾微而絶之于早，善則養于綿綿而充之使大。是以《月令》于冬夏二至皆有掩身齋戒之文。夫粲然純一之謂齋，肅然警惕之謂戒，然後心地清明，有以燭乎善惡之幾，而早爲之所。庶幾陽明日盛而德性益周，陰濁莫乘而物欲不行耳。至于閉關息商旅，所以養陽氣，用金柅之剛以止柔道之牽。此又聖人贊化育之事。此篇亦爲在上君子言之，故自吾一身以及天下事物，于陰陽交際之間，無不盡其扶陽抑陰、長善遏惡之道也〔五〕。

微月墮西嶺，爛然衆星光。明河斜未落，斗柄低復昂。感此南北極，樞軸遥相當。太一有常居，仰瞻獨煌煌。中天照四國，三辰環侍旁。人心要如此，寂感無邊方。

右九章

何文定曰：上章言人身與天地同運，而常欲扶陽抑陰。此章言人心與辰極同體，而常欲以静制動。兩篇皆説陰陽，亦皆是爲在上之君子言之。

放歸始欽明，南面亦恭己。大哉精一傳，萬世立人紀。猗歟嘆日躋，穆穆歌敬止。戒獒光武烈，待旦起周禮。恭惟千載心，秋月照寒水。魯叟何嘗師，删述存聖軌。

右十章

何文定曰：此章明列聖相傳，心學之妙惟在一敬。仲尼删述《詩》《書》以存聖軌，而垂法萬世者其要只此一字。

吾聞庖犧氏，爰初闢乾坤。乾行配天德，坤布協地文。仰觀玄渾周，一息萬里奔。俯察方儀静，隤然千古存。悟彼立象意，契此入德門。勤行當不息，敬守思彌敦。

右十一章

大《易》圖象隱，《詩》《書》簡編訛。禮樂刓交喪，《春秋》魚魯多。瑶琴空寶匣，弦絶將如何？興言理餘韻，龍門有遺歌。伊川先生晚居伊闕龍門之南。

右十二章

何文定曰：此章言聖人之道備于六經，自厄于秦火，又汩于經師，而其文字亦且錯亂乖離。如《易》之易置圖書，委棄象學；《詩》《書》以陋儒之小序冠之篇端，以亂經文；禮樂則散亡幾盡；《春秋》亦多魚豖之訛。此其簡編尚且闕謬如此，又況道之精微乎？正如瑶琴寶匣，器雖在而弦已絶。其意且不復傳，將奈何哉？我今欲理其餘韻，亦幸程叔子于此嘗表章條理，深探精思，以續洙泗之絶響，其遺音今幸未泯。此固紫陽之謙辭，然其自任之重亦有不得而辭者。故緒正四古經，《詩》《書》則斥去小序之陋，而求經文之正意；《易》則還《古易》篇第之舊，而義主占象以窮義文之本旨；禮樂則求其合者，而有經有傳。至于精研龍門之微旨，以上接魯鄒之正傳，自濂洛開端以來，其泛掃廓大之功，未有高焉者也。

顔生躬四勿，曾子日三省。《中庸》首謹獨，衣錦思尚絅。偉哉鄒孟氏，雄辨極馳騁。操存一言要，爲爾挈裘領。丹青著明法，今古垂焕炳。何事千載餘，無人踐斯境。

右十三章

元亨播群品，利貞固靈根。非誠諒無有，五性實斯存。世人逞私見，鑿智道彌昏。豈若林居子，幽探萬化原。

右十四章

何文定曰：此章大旨只是《太極圖説》「定之以中正仁義而主静」之意，然其主意是爲鑿智而發。○王文憲曰〔六〕：此嘆先天太極圖之傳，出于隱者。

飄飄學仙侶，遺世在雲山。盜啓元命秘，竊當生死關。金鼎蟠龍虎，三年養神丹。刀圭一入口，白日生羽翰。我欲往從之，脱屣諒非難。但恐逆天道，偷生詎能安。

右十五章

何文定曰：生則有死，天道之常，人但當順受其正。今神仙家遺棄事物，遁跡雲山，苦身修煉以求不死，所爲雖似清高，究其旨意，只是貪生怕死，逆天私己，豈是循理？程子曰：此是天地間賊。蓋修身以俟死者〔七〕，聖賢所以立命也；保煉延年者，道家所以偷生也。又豈有賢者〔八〕，而肯安于爲此哉〔九〕？

西方論緣業，卑卑喻群愚。流傳世代久，梯接淩空虛。顧盼指心性，名言超有無。捷徑一以開，靡然世事趨。號空不踐實，躓彼榛棘途。誰哉繼三聖，爲我焚其書。

右十六章

何文定曰：此章言釋氏始則妄談因緣，痛説罪業，卑淺其論以誘動愚下之聽。及其久也，又直指心性，肆講空無，閃遁其辭以惑高明之人。但其言善幻，莫可窮詰。流傳千載，愚者則劫其罪福而陰奪其生養之資，智者則貪其捷徑而重爲學術之害，其禍烈于洪水。有能焚其書而散其徒一空之，以正人心，以厚民生，豈不足以爲聖人之徒而承三聖之功哉？

聖人司教化，横序育群材〔一〇〕。因心有明訓，善端得深培。天叙既昭陳，人文亦褰開。云何百代下，學絶教養乖。群居競葩藻，争先冠倫魁〔一一〕。淳風反淪喪，擾擾胡爲哉。

右十七章

何文定曰：此詩嘆科舉之弊。每三年群天下之士爲一大擾，所得者何益？而斲丧人心，敗亂風俗，其害有不可勝言者。上之人乃重于改作而不知變，此紫陽所以深嘆也。

童蒙貴養正，孫弟乃其方。雞鳴咸盥櫛，問訊謹暄涼。奉水勤播灑〔一二〕，擁篲周室堂。進趨極虔恭，退息常端莊。劬書劇嗜炙，見惡逾探湯。庸言戒粗誕，時行必安詳。聖途雖云遠，發軔且勿忙。十五志于學，及時起高翔。

右十八章

何文定曰：古人教養童蒙，教之事親之節，教之敬事之方，正其心術之微，謹其言行之常。雖未便進以大學，然其細大必謹，内外交持，所以固其筋骸之束，澄其義理之源，有此質璞〔一三〕，及長而進之大學，自然不費力也。「發軔且勿忙」者，蓋小學且欲收拾身心，涵養德性，以爲大學基本。故欲其且盡其小，而無躐進其大也。「及時起高翔」者，蓋大學則當進德修業，窮理盡性，以收小學之成功。故又欲其進爲其大，而不苟安其小也。

哀哉牛山木，斤斧日相尋。豈無萌蘖在，牛羊復來侵。恭惟皇上帝，降此仁義心。物欲互攻奪，孤根孰能任？反躬艮其背，肅容正冠襟。保養方自此，何年秀穹林？

右十九章

何文定曰：此章爲時之已過而不及小學者發，即文公所謂持敬以補小學之缺者是也。但過時而學者辛苦難成，故有保養自此、何年秀穹林之嘆。蓋惜其用力已晚，而欲百倍其力以不乏也〔一四〕。

玄天幽且默，仲尼欲無言。動植各生遂，德容自清温。彼哉夸毗子，呫囁徒啾喧。但逞言辭好，豈知神監昏。曰余昧前訓，坐此枝葉繁。發憤永刊落，奇功收一原。

右二十章

何北山曰〔一五〕：「奇功收一原」，是用《陰符經》中「絶利一原，用師十倍」之語。《陰符》此二語，文公極喜之，時時舉揚。有學者問其義，文公嘗爲之解釋曰：絶利者，絶其二三。一原者，一其元本。豈惟用兵？凡事莫不皆然。倍，如「功必倍之」之謂，大概謂專一則有功。上文言瞽者善聽，聾者善視，皆是耑一故有功也。今講學求道，是欲善其身心，修其德業，此是本原也。而乃榮華其言語，巧好其文章，則是盛其枝葉，失其本根，于學焉得有功？惟發憤而痛加刊落，則是絶其二三之利，而一其本原，故奇功可收也〔一六〕。

【校記】

〔一〕篇中小注，金律本、《金華叢書》本皆無。

〔二〕「次」，底本、國圖本作「此」，據他本改。

〔三〕「没」，底本、國圖本、内閣本作「設」，據他本改。

〔四〕「原」，内閣本作「泉」。

〔五〕「無」，金律本、《金華叢書》本作「莫」。

〔六〕「文憲」，金律本、《金華叢書》本作「魯齋」。

〔七〕「蓋」，底本、國圖本、内閣本、朝鮮本作「豈」，據金律本、《金華叢書》本改。

〔八〕「豈」，底本、内閣本作「蓋」，國圖本作「曷」，據朝鮮本、金律本、《金華叢書》本改。
〔九〕「安于」，金律本、《金華叢書》本無此二字。
〔一〇〕「群材」，金律本、《金華叢書》本作「英才」。
〔一一〕「倫」，金律本、《金華叢書》本作「儒」。
〔一二〕「水」，金律本、《金華叢書》本作「盂」。
〔一三〕「璞」，金律本、《金華叢書》本作「樸」。
〔一四〕「不乏」，内閣本、朝鮮本同，他本作「至之」。
〔一五〕「何北山曰」，據金律本、《金華叢書》本增入。
〔一六〕此篇之下，朝鮮本增入《述懷》《陶公醉石歸去來館》《雲谷雜詩十二首》《山北紀行十二章章八句》《感懷》。

送元晦〔一〕　南軒

君侯起南服，豪氣蓋九州。頃登文石陛，忠言動宸旒。坐令聲利場，縮頸仍包羞。却來卧衡門，無愧自日休。盡收湖海意〔二〕，仰希洙泗游。不遠關山阻，爲我再月留。遺經得紬繹，心事兩綢繆。超然會太極，眼底無全牛。惟兹斷金友，出處寧殊謀？南山對牀話，匪爲林壑幽。白雲政在望，歸袂風颼颼。朝來出别語，已抱離索憂。妙質貴强矯，精微更窮搜。毫釐有弗察，體用豈周流。驅車萬里道，中途可停輈。勉哉共無斁，邈矣追前修。

【校記】

〔一〕「送元晦」，金律本、《金華叢書》本作「送晦庵」。

〔二〕「意」，金律本、《金華叢書》本作「氣」。

送楊廷秀

昔人忘言處，可到不可會。還須心眼親，未許一理蓋。詞章抑爲餘，子已得其最。當知鄒魯傳，有在文字外。

又

平生風雨夕，每念名節難。窮冬百草歇，手自種琅玕。吾子三十策，字字起三嘆。豈欲求人知，正自一心丹。請哦《碩人》詩，匪爲樂考槃〔一〕。

【校記】

〔一〕此篇之下，朝鮮本增入《過胡文定公碧泉草堂》。

送丘宗卿出守嘉禾，視民如傷爲韻　東萊成公〔一〕

視

檇李國西門，道里去天咫。訟庭人摩肩，客館舟銜尾。涼燠變須臾，怵聽復駭視，心平理自見，周道本如砥。

民

堂下萬休戚，堂上一笑嚬。是心苟不存，對面越與秦。豚魚尚可孚，况此能言民。君看津頭柳，葉葉皆相親。

如

奮髯疾抵几，解衣徐探雛。古來多快士，氣吞兩輪朱。簿書高没人，迎筆風摧枯。自許豈不豪，歲晏終何如。

傷

折股稱良醫〔二〕，識病由身傷。開府事如麻，豈盡昔所嘗？平生老農語，易置復難忘。麥黄要經雪，橘黄要經霜。

【校記】

〔一〕作者標注，朝鮮本下有小注「祖謙伯恭」，金律本、《金華叢書》本作「呂東萊」。

〔二〕「股」，《東萊集》作「肱」。

答曾伯玉　勉齋黄文肅〔一〕

白露下百草，迅商薄修林。幽人起長懷，感此節物深。攬衣自徘徊，撫劍還悲吟。丈夫各有志，莫作兒曹心。涉遠當疾趨，畏景須就陰。願言理輕車，去上南山岑。

【校記】

〔一〕作者標注，内閣本同，國圖本無，朝鮮本作「勉齋黄文肅公」，有小注「榦，直卿」，金律本、《金華叢書》本作「黄勉齋」。

陳憲仁智堂西友清軒　北溪陳文安〔一〕

名軒何以清，惟有梅與竹。梅清清且白，竹清清更緑。雪蘂破清灑，霜標挺清肅。至哉雙友清，格韻真寒玉。伊誰與之友，相對淡無欲。清心仁智翁，妙趣于中足。

【校記】

〔一〕作者標注，朝鮮本作「北溪陳公」，小注「淳，安卿」，金律本、《金華叢書》本作「陳北溪」。

竹門〔一〕　待制徐毅齋〔二〕

竹門何爲設？護此自在身。而有不知者，謂隔一切人。門有閉有開，人有疏與親。閉以謝俗客，開以納嘉賓。或方計財利，我方甘窶貧。或方圖宦達，我方埋隱淪。豈惟乖趨尚，誠亦困糾紛。若夫道義交，開益所願聞。清幽能共適，淡薄能相因。與夫學問徒，講説敢辭勤？義理滋我悦，詩書陶我真。俱不役殺酌，且無昏精神。然當時省己，勿或浪尤人。古人重晚節，氣衰當志新。古人貴老成，齒頽資德尊。初心苟無負，斯不愧斯門。

【校記】

〔一〕朝鮮本題前有小注「删」。

〔二〕作者標注，朝鮮本下有小注「倫」，金律本、《金華叢書》本作「徐毅齋」。按毅齋即徐僑，「倫」

字誤。

虎丘謁和靖祠　兵部李東窗　道傳，貫之[一]

涵養當用敬，進學在致知。如車去雙輪，跬步不可移。夫子受師説，惟敬實所持。升堂逮易簀[二]，參倚日在兹。遺言落人間，考論極研幾。是心要收斂，中不容毫釐。《大學》著明法，格物及階梯。放心苟不收，窮格將安施？古人貴爲己，末俗多外馳。豈無實踐者，兹爲當反思。晚生拜遺像，敷衽跪陳詞。願言服予膺，没齒以爲期。王文憲曰：李果州雖不及師文公，卻能尋訪考亭門人，相與磨礪。此詩不特提出和靖精微處，爲學之要盡在是矣，讀者盍潛心焉。

【校記】

〔一〕金律本、《金華叢書》本未注作者。

〔二〕「簀」，底本、國圖本作「簣」，據内閣本改。

送湯伯紀　西山真文忠公

交情世豈乏？道合古所難。自我得此友，清芬襲芝蘭。苦語時見箴，微言獲同參。相從仁義林，超出名利關。此樂未渠央，忽告整征驂。索居可奈何？使我喟且嘆。至危者人心，易汩惟善端。苟無直諒友，戒謹空杅盤。重來勿愆期，同盟有青山。

定王臺送舍弟赴岳陽司理

定王百尺臺，長安萬里目。昔人思親心，山川詎能局？于焉共登臨，使我增感觸。微霜隕陔蘭，悲風撼庭木。銀山在何許？白雲但空谷。搔首重徘徊，冥冥江樹緑。

又

先民不可見，懷哉金玉音。士雖一命微，愛物宜存心。矧兹圜扉内，白日變重陰。求情箠楚下，冤哉詎能禁？譸嗥漫弗省，鬼神爲悲吟。子往涖其職，朝夕惟欽欽。謹刑勿留獄，斯語真良箴。

暮春感興　北山

郊原春向深，幽居寡來往。和風日披拂，淑氣偏萬象。草木意欣榮，禽鳥聲下上。静中觀物化，胸次得浩養。緬懷浴沂人，從容侍函丈。舍瑟自言志，宣聖獨深賞。一私盡消融，萬理悉昭朗。其人不可見，其意尚可想。我生後千載〔一〕，恨不操几杖。春服雖已成，童冠乏儔黨。安得同心人，咏歸嗣遺響。

【校記】

〔一〕「後千載」，金律本、《金華叢書》本作「千載後」。

和吴巽之石菖蒲〔一〕

菖蒲緑茸茸，偏得高人憐。心清境自勝，何必幽澗邊。節老葉愈勁，色静姿不妍〔二〕。堂中賢主人，與汝俱蕭然。豈不與世接，自遠塵俗霑。

【校記】

〔一〕朝鮮本題前有小注「删」。

〔二〕「静姿」，金律本作「静安」，《金華叢書》本作「定枝」。

懷古呈通守鄭定齋士懿四首〔一〕

魯齋

東方有猗桐，菀彼雲之岑。良工一斤斧，斲爲膝上琴。朱弦輕拂抹，盎然太古音。不彈箕子操，不調《離騷》聲。安得夔典樂，天下終和平。

南方有良藥，神妙難具寫。沈痾一刀圭，無不立愈者。性烈必瞑眩，色惡如土苴。倉公一見之，寶愛不忍捨。欲起國膏肓〔二〕，先當醫苟且。

西方有精鐵，淬以百鍊堅。範爲三尺劍，炯炯霜花寒。勿以埋厚地，勿以投深淵。未染蛟龍腥，未睨奸雄元。丈夫纔把握，且以破拘攣。

北方有大井，深潛幾萬尋。前爲東阿膠，瑩徹如球琳。持此一寸微，可救千丈渾。世道一以濁，貪風方襄陵。誰能汲此水，淨滌四海心。

【校記】

〔一〕「四首」，内閣本無此二字。

〔二〕「肓」，底本、國圖本、内閣本作「盲」，據朝鮮本改。

和立齋踏月歌〔一〕

我觀天壤間，何處無此月。對月兩心同，正自欠此客。月清人更清，心景兩相迎。平生負此約，鬢影今星星。我有一要言，願與月同盟。清光無晦蝕，與德時時新。

【校記】

〔一〕朝鮮本題前有小注「删」。

西倅廳冰雪樓次韻〔一〕

我生山水窟，一静了萬境。登臨始識奇，已與凡目並。大哉飛躍間，一物具一性。冰雪有妙理，言言苦難聽。開藏古制存，以抑揚氣騁。稜稜六花嚴，中有生意瑩。非貞曷爲元，妙斡舒慘正。爕調不可偏，相資不相病。陽和一以泄，品彙反不競。新政冰雪清，洗濯炎蒸浄。陰痼一陽微，震裂萬蟄儆。酧酢極變態，不失本來静。一樓駕高明，俯仰動微省。深恐神鑒昏，萬事如捕影。繰藉嚴冷名，賡歌歲寒咏。即此求友心〔二〕，已見無不敬。行到百尺頭，脚力須用勁。

【校記】

〔一〕朝鮮本題前有小注「删」。

〔二〕「求友」，金律本作「友求」，《金華叢書》本作「反求」。

夜對梅花示彦恭姪〔一〕

王立齋

羈旅不自怡，坐閱芳歲晚。江湖有莫逆，梅花還到眼。平生相慰藉，風期無近遠。今夕共短檠，與子興不淺。

又

羈旅閱世紛，坐念百憂集。共子時劇談，滿懷冰雪激。儀刑誰有常，梅花静玉立。何用對忘憂，歲寒端有益。

【校記】

〔一〕朝鮮本題前有小注「删」。

濂洛風雅卷之四

今體

七言古風

宿興慶池通軒示同志　横渠

清湘庭下千竿竹，百尺斑斕聳蒼玉。通軒軒外萬頃陂，陂接南山天與齊。唐基一壞半禾黍，舉目氣象增愁思。我來正當摇落時，塵埃七日無人知。東平叔子信予友，問學不厭堅相隨。叔子莫痛鳳沼湮〔一〕，又莫悲愁花蕚墮〔二〕。所憂聖道久榛塞，富貴浮雲空點涴。烏我反。明發予西叔且東，高談更爲通宵坐。

【校記】

〔一〕「子」，底本、國圖本、内閣本、朝鮮本皆無，據金律本、《金華叢書》本補。

〔二〕「愁」，底本、國圖本、内閣本、朝鮮本皆無，據金律本、《金華叢書》本補。

岳陽書事〔一〕　楊龜山

洞庭水落洲渚出，疊翠疏峰遠烟没。重樓百尺壓高城，畫棟沉沉倚天闕。湖光上下天水融，中以日月分西東。氣凌雲夢吞八九，欲與溟渤争雌雄。澄瀾無風雨新霽，一目萬頃磨青銅。琉璨夜影貯星漢，騎鯨已在銀潢中。湘妃帝子昔何許，但有林壑有浮空。蒼梧雲深不可見，遺恨千古嗟何窮。須臾瞑晦忽異色，風怒濤翻際天黑。乘陵瀨壑走魑魅，停滀百怪誰能測。忍看舟子玩行險，更欲飛帆借風力。安得晴雲萬里開，依舊寒光浸虚碧。

【校記】

〔一〕朝鮮本題前有小注「删」。

憶别〔一〕　吕舍人

柳絮飛時與君别，南樓把酒看明月。月似當年離别時，柳絮如君何處飛。千書百書要相就，思君不見令人瘦。念君情意只如初，顧我形骸已非舊。朝來有信渡黄河，雁足繫書多網羅。城南城北芳草多，明月如此奈愁何。

【校記】

〔一〕朝鮮本題前有小注「删」。

牧牛兒

牧牛兒，放牛莫放澗水西，澗水流急牛苦飢。放牛莫放青草畔，牛卧得草兒亦懶。隨牛莫著鞭，幾年力作無荒田。雨調風順租税了，兒但放牛相對眠。

題浯溪　侍郎胡致堂　寅，明仲〔一〕

戎馬胡爲踐神京，翠華東巡朝太清。乙巳東幸，以謁老子爲名。扶桑大明湧少海，虎符百萬屯雲興。皇威意無窮髮北，老傅坐籌自巾幗。謀臣猛將俄罷休，吹入胡笳一蕭瑟。塞南莽莽多穹廬，塞雁年年不繫書。回首朔雪清淚滿，傷心玉座碧苔虚〔二〕。中興聖主宣光類，群材合沓風雲會。會稽甲楯今幾時，於鑠王師尚時晦。最喜鄴侯開肅宗，不謂晨昏急近功〔三〕。竟使大唐宏業墜，豐碑有愧昭無窮。徒倚碑前三太息，江水東流豈終極。頌聲諧激不爲難，君王早訪平戎策〔四〕。

【校記】

〔一〕作者標注，金律本、《金華叢書》本作「胡致堂」。

〔二〕「心」，底本作「必」，據他本改。

〔三〕「功」，底本、國圖本作「切」，據内閣本改。

〔四〕「戎」，底本、國圖本、内閣本、朝鮮本作「成」，據金律本、《金華叢書》本、《斐然集》改。

桃源行　胡五峰〔一〕

北歸已過沅湘渡，騎馬東風武陵路。山花無限不關心，惟愛桃花古來樹。聞説桃花更有源，居人共得仙家趣。之子漁舟安在哉？我欲乘之望源去。江頭相逢老漁父，烟水茫茫雲日暮。投竿拱手向我言，桃源之説非真傳。當時漁子漁得錢，買酒醉卧桃花邊。桃花風吹入夢裹，自有人世相周旋〔二〕。靖節先生絶世人，奈何記僞不考真。先生高步窘末代，雅志不肯爲秦民。故作斯文寫幽意，要似寰海離風塵。不然山源遠近桃花開，宜有一片隨水從東來。烏乎神明通八極，豈特秘爾桃源哉？我聞是言發深省，勒馬却辭漁父回。及晨遍覽三春色，莫使風雨空莓苔。

【校記】

〔一〕金律本、《金華叢書》本未標注作者。

〔二〕《五峰集》「周旋」後尚有「酒醒驚怪告儔侶，遠近接響俱相傳」一句。

少稷賦十二相屬詩戲贈〔一〕

劉屏山

不用爲鼠何數奇，飯牛南山聊自怡〔二〕。探穴取虎有奇禍，守株伺兔非全癡。文成雕龍成卷軸，畫蛇失杯坐添足。走馬章臺憶舊游，歲月纔驚羊胛熟。六窗要自息獮猴〔三〕，黄鷄無應心日休〔四〕。白衣蒼狗變化易，世事何如牧豬戲〔五〕。

【校記】

〔一〕朝鮮本題前有小注「删」。

〔二〕「怡」，底本、國圖本、内閣本作「貽」，據朝鮮本改。
〔三〕「息」，諸本皆缺，據《屏山集》補。
〔四〕「黄」，諸本皆作「異」，據《屏山集》改。
〔五〕内閣本、朝鮮本詩末有小注「第五句有落字」。

古墨行〔一〕江南李氏舊物〔二〕

長春殿古生荆薈，猶有前朝遺物在。錦囊珍重出玄圭，雙龍刻作蜿蜒態。枯皮剥裂弄幾刓，斷玦精堅磨不殺。吾聞李氏據江南，文采風流高一代。當時好玩不獨此，器用往往窮奢汰。徵工選技填御府，不惜千金爲賞賚。治兵唐推英衛精〔三〕，治民漢許龔黄最。惜哉取士不知術，妙手獨得庭珪輩。真主驅馳八極中，荒王逸樂孤城内。汗青得失更誰論，尤物競爲人寶愛。嗟予視此如糞土，事有至微猶足戒。投文欲往吊江流，幽魂未泯應慚悔。

【校記】

〔一〕朝鮮本題前有小注「删」。
〔二〕「江南李氏舊物」，國圖本作「江南李氏墨」。

〔三〕「英」，底本、國圖本、金律本、《金華叢書》本作「莫」，據朝鮮本、内閣本及《屏山集》改。

飲梅花下贈客〔一〕

朱韋齋

憶挽梅梢與君别，終年夢挂南臺月。天涯溪上一樽酒，依舊風枝舞香雪。高情絶艷兩無言，玉笛冰灘自幽咽。却憐造物太多事，更要和羹調人舌。浮生蹤跡風花裏，鼠壤珠宫孰優劣。正當醉倒此花前，猶勝相思寄愁絶〔二〕。

【校記】

〔一〕朝鮮本題前有小注「删」。

〔二〕此篇之下，朝鮮本增入《與諸人用東坡韻共賦梅花，適得元履書，有懷其人，因復賦此以寄意焉》。

送八兄歸廣漢〔一〕

張宣公

彌旬積雨禾生耳，冬壑未渠收潦水。圍爐情話正爾佳，乃復歸舟行萬里。百年永感卧湘城，風急鶺鴒原上情。豈無他人意則真，每覺軟語温如春。少年鋭意凌八區，晚以樂義稱鄉閭。聞人有急亦已如，天報兩子雙明珠。小隱卜築蘭溪邊，修篁喬木今參天。是非榮辱不到處，卷書一枰清晝眠。人言壽骨隱修眉，慶事鼎鼎供期頤。豈惟宗族托軌範，政倚晚節增光輝。有弟有弟復何爲，杜門讀書人謂癡。故山未遂掃松願，江頭獨立送歸時。

【校記】

〔一〕朝鮮本題前有小注「删」。

王剛仲惠詩醉筆聊和〔一〕　劉㧑堂　炎，濳夫

君不見山澤之癯蒙野服，如彼隰桑還自沃。又不見侯門公子貴且驕，飽豢膏粱猶未足。人生貴賤不難分，唯有聖賢無等倫。朝爲塗人暮爲禹，窮崖斷壑看回春。君方妙齡截不住，萬里飛黄又騰去。王良造父不得施，耳側風聲未爲遽。我思古人愛其宇，青蘋堂兮杜若廡。芰荷可裳菊可餐，肯逐纖埃與塵土〔二〕。是中非聲亦非色，安得與君一憑軾。鵾鵬變化不可量，要指天池爲一息。悠悠此道誰能將，從知可玩不可忘。愼勿隨風學飄絮，春光駘蕩成飛揚。

【校記】

〔一〕朝鮮本題前有小注「删」。

〔二〕「肯逐」，底本、内閣本、朝鮮本作「肯介」，國圖本作「貴介」，據金律本、《金華叢書》本改。

西山孝子吟　何文定

君不見東京茅季偉，布褐躬耕具甘旨。烹雞饋母供晨羞，卻辦草蔬爲客禮。北州高士郭林宗，一見驚嗟不能已。又不見唐朝董邵南〔一〕，隱居行義無與比〔二〕。朝耕夜讀養雙親，孝格天翁降祥祉〔三〕。一時好事昌黎公，爲作聲詩歌盛美。兩君制行固已奇，姓名自足垂千祀。更得高賢爲發揮，至今赫然在人耳。幾年見説西山汪，信義當時表閭里。只今家雖四壁空，卻有賢孫祖風似。力田養親孝行高，千載董茅同一軌。孑然隻影無妻兒，手自耔耘供瀡滫。乃翁喪明三十春〔四〕，膝下承顔不離跬。三時但務親耕鋤，一日何曾入城市。朝朝敬問衣燠寒，旦旦謹察食豐菲。一畦早韭登春盤，五母黄雞薦秋黍。盡心自足爲親歡，豈必三牲八珍侈。謹身百不貽親憂，父子熙熙和氣裹。翁目雖瞽翁心怡，八十龐眉更兒齒〔五〕。邇來瓶粟頗不慳，積善固宜天相只。鄉間咏嘆同一聲〔六〕，養志如君能有幾？人言詩書君未學〔七〕，我謂如君真學矣。孝弟是乃百行先，爲仁要必從此始〔八〕。世人有親不能養，浪著儒冠誠可恥。何如汪君貧窶中〔九〕，卓然全此秉彝理〔一〇〕。拱辰山人孝義家，冰鑑可與郭韓擬。聞君之風喜欲顛，揮灑龍蛇忽盈紙。諸君自感聲氣同，雜以清商間流徵。既經名勝交發揚〔一一〕，一日傳誇滿桑梓。我雖病倦愧不文，亦作長謡續貂尾〔一二〕。安得是邦賢史君，特爲蜚牋啓丹扆。峩峩雙表旌高門，題作西山汪孝子。名配此山長不窮，來者人人爲興起。

【校記】

〔一〕「邵」，底本、國圖本、内閣本、朝鮮本作「召」，據金律本、《金華叢書》本改。
〔二〕「隱」，《金華叢書》本作「窮」。
〔三〕「天翁」，國圖本作「彼蒼」。
〔四〕「春」，金律本、《金華叢書》本作「年」。
〔五〕「更」，金律本、《金華叢書》本作「反」。
〔六〕「間」，朝鮮本、内閣本同，國圖本作「間」。
〔七〕「言」，《金華叢書》本作「有」。
〔八〕「要」，金律本、《金華叢書》本作「每」。
〔九〕「汪」，底本、國圖本作「江」，據朝鮮本改。
〔一〇〕「全」，《金華叢書》本作「合」。

〔一一〕「交」，金律本、《金華叢書》本作「文」。
〔一二〕「續」，金律本、《金華叢書》本作「紹」。

老菊次時所性韻〔一〕

王文憲

獨步東籬餐落菊，一幅烏紗漉浮玉。悠然謝客欲醉眠〔二〕，懶拾枯枝炊脱粟。靖節先生骨已寒，回生何必須神丹。紫陽一字冠青史，名節恃此安如山。義熙一去知幾變，金鈿翠葆猶年年。我生因循鬢已華〔三〕，甚矣今年脱左車。嘲紅弄緑少時態，歲晚相對惟寒花。雨荒深院黄金盡，誰謂顔色埋塵沙。高風雅致隨遇見，簷外玉立横枝斜。

【校記】

〔一〕朝鮮本題前有小注「刪」。
〔二〕「悠然」，國圖本作「悠悠」。
〔三〕「鬢」，金律本作「巔」，《金華叢書》本作「顛」。

題定武蘭亭副本〔一〕

玉華未命昭陵土〔二〕，蘭亭神蹟埋千古。率更榻本勒堅珉，鹽帝歸裝留定武。薛家翻刻愚貴游，舊石宣和龕御府〔三〕。烟塵横空飛渡河，中原荆棘交豺虎。維揚蒼茫駕南轅，百年文物不堪補。紛紛好事競新摹，傾欹醜俗亡遺矩。如今薛本亦罕見，仿佛典刑猶媚嫵。清歡盛會何足傳，右軍他帖以千數。托言此筆不可再，慨然陳迹興懷語。今昔相視無已時，手掩塵編對秋雨。

【校記】

〔一〕朝鮮本題前有小注「删」。

〔二〕「玉華」，底本、國圖本、朝鮮本、内閣本皆缺，據《魯齋集》補。金律本、《金華叢書》本作「文皇」。

〔三〕「石宣」，底本、國圖本、朝鮮本、内閣本皆缺，據《魯齋集》補。金律本、《金華叢書》本此句作「舊本和龕歸御府」。

冬日雜興二首〔一〕　王立齋

庭際幽蘭手自種，托根不與春華共。冉冉同風數竿竹，襟期元作幽人供。如何江湖浪征逐，芳信卻因鴻翼送。多慚獨處歲將晚，尚想清聲形曉夢。

澤國風饕霜力緊，黃落凋殘碧成錦。最憐柿葉與楓林，平園物色正淒凜。造化不翕何所張，獨怪連朝漏融景。天理真機默玩心，悟取靈根發深省〔二〕。

【校記】

〔一〕朝鮮本題前有小注「删」。金律本、《金華叢書》本無「二首」兩字。

〔二〕此篇之後，朝鮮本增入《與徐同知》。

濂洛風雅卷之五

五言絶句〔一〕

門扉出《南軒語録》。　濂溪〔二〕

有風還自掩，無事晝常關。開闔從方便，乾坤在此間。

【校記】

〔一〕五言絶句部分，金律本、《金華叢書》本屬卷四。

〔二〕「濂溪」，金律本、《金華叢書》本作「周濂溪」。

歲寒　康節〔一〕

松柏入冬青，方能見歲寒。聲須風裏聽，色更雪中看。

【校記】

〔一〕「康節」，金律本、《金華叢書》本作「邵康節」。

心耳吟〔一〕

意亦心所至。言須耳所聞。誰云天地外。别有好乾坤。言意之間，亦可以見天地。此堯夫之所以獨得而不容已于吟也。

【校記】

〔一〕此篇，底本、國圖本、内閣本、朝鮮本皆無，據金律本、《金華叢書》本增。

清夜吟

月到天心處，風來水面時。一般清意味，料得少人知。一作料想。〔一〕

【校記】

〔一〕金律本、《金華叢書》本無小注。此篇之後，朝鮮本增《安分吟》《感事吟》。

屏山〔一〕　劉屏山

南溪抱山流，潤氣滋林麓。夢破午窗陰，清風在寒竹。

【校記】

〔一〕朝鮮本題前有小注「删」。

雨〔一〕　朱韋齋

纖纖花入麥，漫漫雨黄梅。泥徑無人度，風簾爲燕開。

【校記】

〔一〕朝鮮本題前有小注「删」。

百丈岩石磴　文公

層崖俯幽壑，微徑忽中斷。努力一躋攀，前程有奇觀。

小澗

兩崖交翠陰，一水自清瀉。俯仰契幽情，神襟頓飄洒。

紅蕉

弱植不自持，芳根爲誰好？雖微九秋幹，丹心中自保。

枕屏秋景（二）

山寒夕飈急，木落洞庭波。幾疊雲屏好，一生秋夢多。

【校記】

〔一〕朝鮮本題前有小注「删」。

西閣

借此雲窗眠，静夜心獨苦。安得枕下泉，去作人間雨。

君子亭〔一〕

倚杖臨寒水，披襟立晚風。相逢數君子，爲我説濂翁。

【校記】

〔一〕朝鮮本題前有小注「删」。

用分水鋪壁間韻

水流無彼此，地勢有西東。若識分時異，方知合處同〔一〕。

【校記】

〔一〕此篇之後，朝鮮本增入《奉同張敬夫城南諸咏》《雲谷諸咏》《武夷精舍雜咏》。

送定叟弟官桂幙〔一〕 南軒

事業無欲速，燕逸不可求。速成適多害，求逸翻百憂。

【校記】

〔一〕朝鮮本題前有小注「删」。

桃花塢〔一〕

花開山與明〔二〕，花落水流去。行人欲尋源，只在山深處。

【校記】

〔一〕朝鮮本題前有小注「删」。

〔二〕「與」，《金華叢書》本作「雨」。

吟風橋

橋邊風月佳，俛仰有餘思。無忘履冰心，方識吟風意。

竹窗　東萊〔一〕

前山雨裩花，餘芳棲老木。卷藏萬古春，歸此一窗竹。

【校記】

〔一〕「東萊」，金律本、《金華叢書》本作「吕東萊」。

漁舟晚笛〔一〕

魯齋

落日下大野，江邊漁事收。小舟横斷岸，長笛一聲秋。

【校記】

〔一〕朝鮮本題前有小注「删」。

風雲晻靄〔一〕

虎嘯風生壑，龍藏氣吐雲。草廬勿高卧，天地正絪緼。

【校記】

〔一〕朝鮮本題前有小注「删」。

野渡〔一〕

名利駈馳急，江山自古今。舟行水上意，人立渡頭心。

【校記】

〔一〕朝鮮本題前有小注「删」。

山居〔一〕已上並題畫。

叠巘雲烟表，茅簷竹樹中。起予深隱趣，筆底有高風。

【校記】

〔一〕朝鮮本題前有小注「删」。

題畫扁〔一〕　王立齋

野橋人迹少，林静谷風閑。誰識孤峰頂，悠然宇宙寬。

【校記】

〔一〕朝鮮本題前有小注「删」。

又〔一〕

深林擁蒼翠，絶巘鎮坡陀〔二〕。便欲褰裳去，乘風逸興多。

【校記】

〔一〕朝鮮本題前有小注「删」。

〔二〕「鎮」，金律本、《金華叢書》本作「傾」。

五言律詩

同宋復古游山巔至大林寺〔一〕　濂溪

三月山方暖，林花互照明。路盤層頂上，人在半空行。水色雲含白，禽聲谷應清。天風拂布袂〔二〕，縹緲覺身輕。

【校記】

〔一〕朝鮮本題前有小注「删」。

〔二〕「布」，《金華叢書》本作「衣」。

譚虞部昉　致仕

清時望郎貴，白首故鄉歸。有子紆藍綬，將孫着緑衣。松喬新道院，鶴老舊漁磯。知止自高德，寧爲遁者肥？

陳公廙園修禊事席上賦　明道

盛集蘭亭舊，風流洛社今。坐中無俗客，水曲有清音。香篆來還去，花枝泛復沉。未須愁日暮，天際是輕陰。

游紫閣山

文公曰：鄠縣游山諸詩少年所作，却佳。

仙掌遠相招，縈紆度石橋。暝雲生澗底，寒雨下山腰。樹色千層亂，天形一罅遥。吏紛難久駐，回首羡漁樵。

和王安之花庵

得意即爲適，種花非貴多。一區才丈席，滿目自雲蘿。醉聽禽聲樂，閒招月色過。期公在康濟，終奈此情何。

仙鄉　康節〔一〕

何處是仙鄉？仙鄉不離房。眼前無冗長，心下有清涼。静裡乾坤大，閒中日月長。若能安得分，都勝别思量。

【校記】

〔一〕「康節」，金律本作「邵康節」，《金華叢書》本未標注作者。

觸觀物〔一〕

萬物備吾身，身貧道未貧。觀時見物理，主敬得天真。心爽星辰夜，情忻草木春。自憐斵喪後，能作太平人。

【校記】

〔一〕此篇底本、國圖本、内閣本、朝鮮本皆無，據金律本、《金華叢書》本增。

冬至吟

何者謂之幾？天根理極微。今年初盡處，明日未來時。此際易得意，其間難下辭。人能知此意，何事不能知？

又

冬至子之半，天心無改移。一陽初動處，萬物未生時。玄酒味方淡，大音聲正希。此言如不信，更請問庖羲。文公曰：至哉言乎！學者宜盡心焉。此是怵惕惻隱方動而未發于外之時。

晚涼閑步

得處亦多矣，風前任鬢斑。年過半百外，天與一生閑。瑩净雲間月，分明雨後山。中心無所愧，對此敢開顔。

再和王不疑少卿見贈〔一〕

乍凉天氣好，何處不堪游？鴻雁來賓日，鷹鸇得志秋。忘形終夕樂，失脚一生休。多少江湖上，舟舩未着頭〔二〕。

【校記】

〔一〕朝鮮本題前有小注「刪」。

〔二〕此篇之後，朝鮮本增入《天道吟》《閒吟》《觀物》《贈堯夫先生》。

餞賀方回分韻得歸字〔一〕　御史游公

酢，定夫

邀客十分飲，送君千里歸。情隨緑水去，目斷白鷗飛。松菊今應在，風塵昔已非。維舟後夜月，能不重依依。

【校記】

〔一〕朝鮮本題前有小注「删」。

初夏侍長上郊行分韻得偕字　陸象山〔一〕

講習豈無樂？鑽磨未有涯。書非貴口誦，學必到心齋。酒可陶吾性，詩堪述所懷。誰言曾點志，吾得與之偕。

此詩乃先生少時筆也，其敏學自幼已然。

【校記】

〔一〕此篇底本、國圖本、内閣本、朝鮮本皆無，據金律本、《金華叢書》本增。作者原署「楊龜山」，據《象山集》改。

攬翠軒　陳忠肅公

地與煩囂隔，登臨翠色中。雨餘千畝竹，霜過一山松。逸興雲無盡，幽懷水不窮。絶勝花滿眼，只得片時紅。

春日書懷〔一〕　胡文定公

一氣本無息，春風花又開。景多閑後見，詩好静中來。午枕莊周夢，東軒靖節杯。不須籬畔菊，能制暮齡頽。

【校記】

〔一〕朝鮮本題前有小注「删」。

首夏言懷

白日延清景，紅芳轉緑陰。川雲長淡蕩，魚鳥自高深。静養中和氣，閑消忿慾心。此情雖不語，沙界總知音〔一〕。

【校記】

〔一〕此篇之下，朝鮮本增《送常正字赴召》。

種竹頗有生意〔一〕

曾文清公

近郊蕃竹樹，手種滿庭隅。餘子不足數，此君何可無？風來當一笑，雪壓要相扶。莫作封侯想，生來鄙木奴。

【校記】

〔一〕朝鮮本題前有小注「删」。

贈外孫吕祖謙〔一〕

昔别溪南寺，奇龐總角兒。傳聞不好弄，賸喜更能詩。經術真吾道，躬行是汝師。掖垣家學在，何以偏參爲？

【校記】

〔一〕朝鮮本題前有小注「删」。

月下〔一〕　朱韋齋

幽獨不自得，出門誰適從？滔滔我不即，踽踽世寧容？吾道固應爾，何人此意同？惟餘穿户月，照我一樽空。

【校記】

〔一〕朝鮮本題前有小注「删」。

傅知郡相過九日山夜泛舟劇飲〔一〕　文公

扁舟轉空闊，烟水浩將平。月色中流滿，秋聲兩岸生。杯深同醉極，嘯罷獨魂驚。歸去空山黑，西南河漢傾。

【校記】

〔一〕朝鮮本題前有小注「删」。

挽延平李先生

河洛傳心後，毫釐復易差。淫辭方眩俗，夫子獨名家。本本初無二，存存自不邪。誰知經濟業，零落舊烟霞〔一〕。

【校記】

〔一〕此篇之後，朝鮮本增入《挽延平李先生》之又一首、《宿休庵贈陳道人》。

同敬夫登祝融峰用擇之韻

今年緣底事，浪走太無端。直以心期遠，非貪眼界寬。雲山于此盡，風袂不勝寒。孤鳥知人意，茫茫去不還。

嶽頂上封寺有懷元晦　張宣公

憶共朱夫子，登臨冰雪中。劇談無俗調，得句有新功。别去雁横浦，重來月滿空。遥憐今夕意，清夢倘相同。

喜聞定叟弟歸〔一〕

吾弟三年别，歸舟半月程。瘦肥應似舊，歡喜定如兄。秋日聯鴻影，涼窗聽雨聲。人間團聚樂，身外總云輕。

【校記】

〔一〕朝鮮本題前有小注「删」。

默姪之官

默也相從久，吾心念汝多。又爲江漢別，空覺歲年過。氣習須消靡，工夫在講磨。惟應介如石，人事易蹉跎。

夏夜〔一〕 東萊

晚市收聲盡，虚堂一味凉。炎蒸渠酷吏，閒静我羲皇。露沐疏螢濕，風梳細草長。興移無定在，隨月轉胡牀。

【校記】

〔一〕朝鮮本題前有小注「删」。

秋日〔一〕

堂下梧桐樹，清陰欲滿簾。風前數葉落，枝外幾山添。世故真難犯，幽棲不用占。新凉入書幌，好在鄴侯籤。

【校記】

〔一〕朝鮮本題前有小注「删」。

端明汪公挽章

異時憂世士，太息恨才難。每見公身健，猶令我意寬。彫零竟何極，回復豈無端。此理終難解，天風大隧寒。

又

四海膺門峻，親承二紀中。論交從父祖，受教自兒童。山岳千尋上，江河萬折東。微言藏肺腑，欲吐與誰同？〔一〕

【校記】

〔一〕此篇之後，朝鮮本增入《林居》。

訪高僉判故居　黄文肅

遠樹分高下，平洲接有無。短亭低密竹，小艇隱寒蘆。轉浪魚深入，斜陽鵶亂呼。自慚貴公子，未老賦歸歟。

和陳叔餘韻勉之　陳北溪

此道何曾遠，吾儒自有珍。反求皆在我，中畫豈由人。利善分須白，知行語未陳。若能祛舊見，明德自維新〔一〕。

【校記】

〔一〕此篇之後，朝鮮本增入《贈琴士劉伯華》。

蔡西山挽詩〔一〕　曾景建〔二〕

四海朱夫子，徵君獨典刑。青雲《伯夷傳》，白首《太玄經》。有客憐孤憤，無人問獨醒。

瑶琴空寶匣，弦斷不堪聽。

【校記】

〔一〕朝鮮本題前有小注「删」。

〔二〕朝鮮本作「南豐曾雲巢」，小注「極，景建」。

晦庵先生挽章〔一〕孔子生于庚戌，文公生亦庚戌。

皇天開太極，庚戌聖賢生。六籍文將絶，千年道復明。淵源羅仲素，師友李延平。遶舍閩溪急，潺湲洛水聲。

【校記】

〔一〕朝鮮本題前有小注「删」。

訪楊船山道中迷塗和汪元思韻〔一〕　何北山

審問方知道，冥行易失岐。每因貪徑捷，多致落嶔巇。浪謂途言惑，先由己意移。知津要端的，直造始無疑。

【校記】

〔一〕朝鮮本題前有小注「删」。

迷道有感次韻〔一〕

魯齋〔二〕

未識大安道，行行多路岐。人言訛近遠，山路倍嶔巇。自有康莊處，多因便捷移。我今知堠子，萬里不須疑。

【校記】

〔一〕「道」，内閣本、朝鮮本作「途」。

〔二〕金律本、《金華叢書》本作「王魯齋」，且詩後有附注：「附倪公武和詩云：『着脚争些子，公私只兩歧。正途元自穩，捷逕不勝巇。見透行須透，心移境亦移。前人須指點，進步莫遲疑。』」

新竹次韻

瞻彼依依竹，來依夫子牆。密含千畝勢，清悶一窗涼。直節生來瘦，貞標静裏香。緬懷儀鳳意，不記歲年長。

過分水嶺即事次韻〔一〕

王立齋

積陰頗愁寂，一笑晚風生。豪爽傳詩韻，清真破俗醒。層巒思就隱，大壑戒趨程。芳草無人種，連天只麼青〔二〕。

【校記】

〔一〕朝鮮本題前有小注「删」。

〔二〕朝鮮本此篇之後，增入五言排律《仁術》《聞善決江河》《孝宗皇帝挽章》。金律本、《金華叢書》本卷四至此。

濂洛風雅卷之六〔一〕

七言絶句

題劍門關　濂溪

劍立溪峰信險深，吾皇大道當天心。百年外户都無閉，空有關名典貢琛。

【校記】

〔一〕金律本、《金華叢書》本爲卷五。

大顛堂

退之自謂如夫子，《原道》深排釋老非。不識大顛何似者，數書珍重更留衣。

雲都羅巖

聞有山巖即去尋，也躋雲外入松陰。雖然未是洞中景，且異人間名利心。

春日偶成　明道

雲淡風輕近午天，傍花隨柳過前川。旁人不識予心樂〔一〕，將謂偷閑學少年。《上蔡語録》曰：學者須是胸懷擺脱得開，始得不見。明道先生作鄠縣主簿時，有詩云：看他胸中極是好，與曾點底事一般。

【校記】

〔一〕「旁」，金律本、《金華叢書》本作「時」。

下山

襟裾三日絶塵埃，欲上籃輿首重回。不是吾儒本經濟，等閒爭肯出山來。

呈邑令張寺丞〔一〕

中春時節百花明，何必繁弦列管聲。借問近郊行樂地，潢溪山水照人清。

【校記】

〔一〕朝鮮本題前有小注「删」。

和諸公梅臺

急須乘興賞春英，莫待空枝漫寄聲。淑景暖風前日事，淡雲微雨此時情。

後一日又和

賞玩嬉游須及辰，莫辭巾屨染烟塵。祇應風雨梅臺上，已減前時一半春。文公曰：龜山謂「天際是輕陰」與《梅臺》是說時事。

題淮南寺〔一〕

南去北來休便休，白蘋吹盡楚江秋。道人不是悲秋客，一任晚山相對愁。

【校記】

〔一〕朝鮮本題前有小注「删」。

送吕晦叔赴河陽

曉日都門颭旗旌，晚風鐃吹入三城。知公再爲蒼生起，不是尋常刺史行。

又贈司馬君實

二龍閑卧洛波清，今日都門獨餞行。願得賢人均出處，始知深意在蒼生。胡文定公〔一〕：圣賢志在天下國家，與常人志在功名全别。明道先生却是如此。元豐中年詔起吕申公，司馬温公不起。明道作詩送申公，又詩寄温公，其意直是拳拳在天下國家。雖然如此，于出處又却分明不放一步過。作官時言新法者皆得責，明道獨除提刑，辭不受，改除簽判乃受[二]。

【校記】

〔一〕「公」，國圖本作「曰」。

〔二〕此篇之後，朝鮮本增入《酬韓資政湖上獨酌見贈》。

謝王佺期寄丹　伊川

至誠通化藥通神，遠寄衰翁濟病身。我亦有丹君信否，用時還解壽斯民。先生曰：「閑言語道出做甚？頤所以不曾作詩。今寄謝王子真詩云云，子真所學只是獨善，雖至誠潔行，然大抵只是長生久視之術，正濟一身，因有是句。」〇《外書》曰：王子真來洛中[一]，居于劉壽臣園亭。一日忽戒洒掃，又于劉丐茶二杯，炷香以待。是日伊川來款語終日，蓋初未嘗夙告也。劉詰之，子真曰：正叔來信息甚大。又《遺書》十八卷，亦言子真前知事。

【校記】

〔一〕「來」，底本缺，國圖本作「永」，據内閣本、朝鮮本、《金華叢書》本改。

別館中諸公　橫渠

九天宫殿鬱岧嶢，碧瓦參差逼絳霄。藜藿野心雖萬里，不無忠戀向清朝。

聖心

聖心難用淺心求，聖學須專禮法修。千五百年無孔子，盡因通變老優游。橫渠先生嘗曰：載所以使學者先學禮者，只爲學禮，則便除去了世俗一副當習熟纏繞。譬之延蔓之物，解纏繞即上去。苟能去了一副當世習便，自然脱洒也。又學禮則可以守得定。明道先生曰：子厚以禮教學者最善，使學者先有所據守。

吕不韋春秋

秦市金懸魯史修，措辭當日兩難求。書傳果在西遷後，鉗口諸儒未必休。

我欲

我欲庭前木葉疏,病枝衰蔓手披除。從今燕坐無通塞,來往風烟任卷舒。

萱草〔一〕

萱草花開十日餘,花繁日日倍于初。朝開暮落終非計,栽活青松漸剪除。

【校記】

〔一〕朝鮮本題前有小注「删」。

芭蕉

芭蕉心盡展新枝,新卷新心暗已隨。願學新心養新德,旋隨新葉起新知〔一〕。人心生生之禮無窮盡,只要學者温故而知新耳〔二〕。

【校記】

〔一〕此篇之後，朝鮮本增入《誠明吟》《暮春吟》《崇德久待不至》。

〔二〕小注據金律本、《金華叢書》本增。

書齋自儆〔一〕

晝前有《易》不知《易》，玄上求玄恐未玄。白首紛如成底事，蠹魚徒自老青編。

【校記】

〔一〕此篇據金律本、《金華叢書》本增。按此詩見《龜山集》，當爲楊時詩。

含雲寺書事三首〔一〕　龜山

山前咫尺市朝賒，垣屋蕭條似隱家。過客不須攜鼓吹，野塘終日有鳴蛙。

夾屋青松長數圍，午風摇影舞僛僛。幽禽葉底鳴相應，時引殘聲過别枝。

竹間幽徑草成圍，藜杖穿雲翠滿衣。石上坐忘驚覺晚，山前明月伴人歸。

【校記】

〔一〕朝鮮本題前有小注「删」。

瀏陽歸鴻閣〔一〕

簾卷晴空獨倚闌，冥鴻點點有無間。秋風注目無人會，時與白雲相對閒。

【校記】

〔一〕朝鮮本題前有小注「删」。

江上夜行

冰壺瀲灧接天浮，月色雲光寸寸秋。不用乘槎厲東海，一江星漢擁行舟。

登峴首阻雨四首〔一〕

羊公風績幾經秋，獨繞龜趺爲少留。欲問荊人尋舊事，一江清泚自東流。

江浮雲影抱層欄，雲外青山一水間。盡日倚闌看不足，杖藜欲去更回環。

江風飛雨上雕欄，庭樹蕭蕭景自閒。向晚浮雲遮不盡，好山渾在有無間。

庭前古木已經秋，天外行雲暝不收。倚杖却尋山下路，一川風雨濕征輈。

【校記】

〔一〕朝鮮本題前有小注「删」。金律本、《金華叢書》本無「四首」兩字。

渚宮觀梅寄胡康侯〔一〕

欲驅殘臘變春風，自有寒梅作選鋒。莫把疏英輕鬬雪，好藏清艷月明中。

【校記】

〔一〕「渚」，底本、國圖本、金律本、《金華叢書》本作「諸」，據内閣本、朝鮮本改。

春晚二首〔一〕

雲靄浮空半雨晴，茅簷未忍掃殘英。欲將春物飄零盡，只有黄鸝一兩聲。

浮花浪蘂自紛紛，點綴莓苔作繡茵。獨有猗蘭香未歇，可紉幽佩繫餘春。

【校記】

〔一〕朝鮮本題前有小注「删」。金律本、《金華叢書》本無「二首」兩字。

閑居書事〔一〕

輕風拂拂撼孤檉，庭户蕭然一室清。隔葉蟬鳴微欲斷，又聞餘韵續殘聲。

【校記】

〔一〕朝鮮本題前有小注「删」。

南溪淡真閣閑望〔一〕　吕芸閣

欄外溪光溪外峰，重重平遠杳連空。長將兩眼安高處，擾擾都歸俯視中。

【校記】

〔一〕朝鮮本題前有小注「删」。

春静〔一〕

花氣自來深户裏，鳥聲長在遠林中。班班葉影垂新蔭，曳曳絲光入素空。

【校記】

〔一〕朝鮮本題前有小注「删」。

探春

揺曳風頭欲振枯，柳梢垂髮不勝梳。從來輕薄纔先發，誰記秋霜墜葉初。

送劉户曹

學如元凱方成癖，文到相如始類俳。獨立孔門無一事，只傳顔子得心齋。《遺書》云：「或問作文害道。程子曰：『害也。凡爲文不專意則不工，專意則志局于此，又安得與天地同其大也？《書》曰「玩物喪志」，爲文亦玩物也。呂與叔有詩曰云云，此論甚好。」

禮

禮儀三百復三千，酬酢天機理必然。寒即加衣飢即食，孰爲末後孰爲先。《和靖語録》曰：曲禮雖是末節，皆不可廢，蓋洒掃應對便是窮理盡性，毋不敬四句便是曲禮總目。因學呂與叔詩曰云云。

寒食道中

漠漠雲濃陰欲墜，迢迢遠路馬行遲。春風境界無邊畔，花下游人恐未知。

藍田

背負肩任幾百斤，山蹊寸進僅容身。先難後獲應如是，重愧端居飽食人。

克己

克己工夫未肯加，吝驕封閉縮如蝸。試于清夜深思省，剖破藩籬即大家。

經筵大雪不罷講二首　呂滎陽公

水晶宫殿玉花零，點綴宫槐卧素屏。特敕下簾延墨客，不因風雪廢談經。

强記師承道古先，無窮新意出塵編。一言有補天顔動，全勝三軍賀凱旋。

過种明逸故居〔一〕　尹和靖

少年妄意學經綸，老矣空餘此一身。面似髑髏頭似雪，却來巖谷繼前塵。

【校記】

〔一〕朝鮮本題前有小注「删」。

自秦入蜀道中

行狀云：金人陷洛陽，先生竄于長安山中，轉徙四五年而長安陷。劉豫僭位于京師，思有以係天下之望，則使其僞帥趙斌卑辭厚禮來招先生，具供帳衛從于山中甚盛。先生逃去，夜徒步渡蜀，匿聚水谷中，崎嶇走山間，遂至閬中。

曉來雨過槐陰潤，午霽風輕麥浪寒。自愧此身徒擾擾，不知何處可偷安。

南枝北枝春事休，啼鶯乳燕也含愁。朝來回首頻惆悵，身過秦川最盡頭〔一〕。

【校記】

〔一〕朝鮮本題前有小注「删」。

重過丫頭岩思先大夫　胡文定公

道旁山色古猶今，緑鬢偏驚白髪侵。回想臨岐分袂處，更誰能會此時心。慈顔何在杳難承，教子生來重一經。漫向人間拾青紫，豈勝衣彩日趨庭。

黄石山〔一〕

鳳吹鸞輿向戚姬，滿朝無策定傾危。直須致得商山老，能遣君王意自移。

【校記】

〔一〕朝鮮本題前有小注「删」。

雜詩　諫議陳忠肅公　瑩中，了翁

牀頭史記千番紙，世上興亡一窖塵。惟有炳然周孔道，至今餘澤浸生民。

無題　吕舍人

胡虜安知鼎重輕，禍胎元是漢公卿。襄陽耆舊唯龐老，受禪碑中無姓名。

顔樂亭　羅豫章

山染嵐光帶日黄，蕭然茅屋枕池塘。自知寡與真堪笑，賴有顔瓢一味長。

邀月臺〔二〕

矮作垣墻小作臺，時邀明月寫襟懷。夜深獨有長庚伴，不許庸人取次來。延平云：「先生可改，下兩句不甚渾然。先生别云：『也知鄰鬭非吾事，且把行藏付酒杯。』」

【校記】

〔一〕朝鮮本題前有小注「删」。「臺」，朝鮮本、金律本、《金華叢書》本作「堂」。

自述〔一〕

松菊相親莫厭頻，紛紛人世只紅塵。自憐寡與真堪笑，賴有清風是故人〔二〕。

【校記】

〔一〕朝鮮本題前有小注「删」。

〔二〕此篇之後，朝鮮本增入《李願中以書求道甚力，作詩以勉其意》。

柘軒三首　李延平

耕桑本是吾儒事，不免飢寒智者非。出處自然皆有據，不應感念泣牛衣。

五畝之宫植以桑，孟軻舉此助談王。軒前蒙密知何意，要見經綸滋味長。

三春采采爲蠶供，衣被生靈獨有功。野外漫多閑草木，可慚無計謝東風。王文憲曰：《柘軒》三詩體用具備，非先生固莫能道也。先生文字見于世絶少，近有建中士友傳此，只看首句已超絶世俗，第二第三尤有力，語壯而意遠，人可自同于草木乎？

羅先生賜和

彩筆描空空不染，利刀割水水無痕。人心要静如空水，與物自然無怨恩。

奉家君遷居書堂道中作〔一〕　胡致堂

五峰收卷萬層雲，一水流通四海春。南極有星天地久，東風無際柳梅均。

【校記】

〔一〕朝鮮本題前有小注「删」。

和唐人未到五更猶是春〔一〕

一氣沖融轉大鈞，四時舒卷見全身。若云春向晨鐘斷，須信詩人未識春。

【校記】

〔一〕五更，《金華叢書》本作「曉鐘」。

利欲　胡五峰

寵辱無休變萬端，阿誰能向静中看。消磨利欲十分盡，免得臨机剖判難。

讀朱元晦詩

幽人偏愛青山好，爲是青山青不老。山中出雲雨太虚，一洗塵埃山更好。文公跋曰：此衡山胡子詩也。初紹興庚辰熹卧病山間，藉溪先生除正字赴館供職，劉英父自秘書除察官，以書見招。熹試以兩詩代書報之曰：「先生去上芸香閣，閣老新峨豸角冠。留取幽人卧空谷，一川風月要人看。」「瓮牖前頭翠作屏，晚來相對静儀刑。浮雲一任閑舒卷，萬古青山只麼青。」或傳以語胡子，子謂其學者張敬夫曰：吾未識此人，然觀此詩，知其庶幾能有進矣。特其言有體而无用，故吾爲是詩以箴警之，庶其聞之而有發也。明年胡子卒。又四年熹始見欽夫，而得獲聞之，恨不及見胡子而卒請其目也。因叙其本末而書之于策，以無忘胡子之意云。

長淮有感〔一〕　曾茶山

目送長淮去不回，登臨萬感集層臺。波間定有隋渠水，曾向大梁城下來。

【校記】

〔一〕朝鮮本題前有小注「删」。

夏夜聞雨〔二〕

凉風吹雨夜蕭蕭，便恐江南草木凋。自爲豐年喜無寐，不關窗外有芭蕉。

【校記】

〔一〕朝鮮本題前有小注「删」。

南浦徵官迎勞二弟二首　朱韋齋

鱗生雨後東西港，雪落竹間南北枝。將母方勤弟行後〔一〕，春風應滿錦囊詩。

堂前春日媚珍盤，稺子相群舞袖斑。斗酒壽親逢一笑，不知身在市門間。

【校記】

〔一〕「後」，金律本、《金華叢書》本作「役」。

寄吴大卿〔一〕

謝公擁鼻憂不免，笑閔乞墦東郭顔。問訊袖中醫國手，不應長與一節閒。

【校記】

〔一〕朝鮮本題前有小注「删」。

送勻道人之玉山〔一〕

道眼無塵萬景隨，滄江秋色入新詩。歸時人問江南好，只道君行到自知。

【校記】

〔一〕朝鮮本題前有小注「删」。

石門寺〔一〕

行穿蒼麓瞰平岡，踏破青鞋到上方。城市紛紛足機穽，却從山路得康莊。

【校記】

〔一〕朝鮮本題前有小注「删」。

墨梅二首〔一〕

一枝春色破霜烟，影落清波正可憐。衲被犯寒歸吮墨，也知無地着朱鉛。

冰盤青子渴争嘗，怪有南枝着意芳。等是毫端幻三昧，更煩覓句爲模香。

【校記】

〔一〕朝鮮本題前有小注「删」。首，底本、國圖本缺，據内閣本、朝鮮本補。金律本、《金華叢書》本無「二首」兩字。

五二郎生日〔一〕即文公，元本誤作十二。

夢覺牀頭無復酒，語終甑底但餘糜。已堪北海呼爲友，猶恐西真唤作兒。

【校記】

〔一〕朝鮮本題前有小注「删」。

和王龜齡不欺堂二絶〔一〕　林拙齋

心外何曾别有天？吾心知處即昭然。昭然莫向穹蒼覓，帝所清都在目前。

地上空虚總是天，此中那復計中邊。好將天體爲心體，體得純全自浩然。

【校記】

〔一〕朝鮮本題前有小注「删」。

燈二首〔一〕

自從失道入多歧，擿植冥行信所之。昨夜忽然尋得路，孤燈一點是吾師。

月明方始覺星稀，燭照還知燈力微。若使世間無聖哲，草根螢爝總光輝。

【校記】

〔一〕朝鮮本題前有小注「刪」。

命卜〔一〕　徐逸平

我命還須我自推，細微那更問蓍龜？枯莖朽骨猶能兆，豈有靈臺自不知？

【校記】

〔一〕朝鮮本題前有小注「刪」。按此詩見《道鄉集》，當爲鄒浩詩。

克己　朱文公

寶鑑當年照膽寒，向來埋没太無端。祇今垢盡明全見，還得當年寶鑑看。

水口行舟

昨夜扁舟雨一篷，滿江風浪夜如何。今朝試卷孤篷看，依舊青山緑樹多。喻私慾之波泛溢，如平旦開朗處自復其天理生趣，而依然青山緑樹之景也〔一〕。

【校記】

〔一〕此篇據金律本、《金華叢書》本增入。

曾點

春服初成麗景遲，步隨流水玩清漪。微吟緩節歸來晚，一任輕風拂面吹。

答袁機仲論啓蒙

忽然半夜一聲雷，萬户千門次第開。若識無心含有象，許君親見伏羲來。天地無心而有象，故伏羲因一象而畫出天地之象。公與袁機仲言之云云〔一〕。

【校記】

〔一〕此篇據金律本、《金華叢書》本增入。題中「袁機仲論」原缺，據《晦庵集》補。

春日二首

勝日尋芳泗水濱，無邊光景一時新。等閒識得東風面，萬紫千紅總是春。喻學問博採極廣，而一心會晤之後，共這是一個道理，所謂一以貫之也〔一〕。

聞道西園春色深，急穿芒屩去登臨。千葩萬蕊争紅紫，誰識乾坤造化心。

【校記】

〔一〕小注據金律本、《金華叢書》本增入。

敬義堂

高臺巨牓意何如？住此知非小丈夫。浩氣擴充無内外，肯誇心月夜同孤？心如夜月孤明，則本體之虚靈，而聖賢之神明，即此便是〔一〕。

【校記】

〔一〕此篇據金律本、《金華叢書》本增入。

觀書有感二首

半畝方塘一鑑開，天光雲影共徘徊。問渠那得清如許？爲有源頭活水來。

昨夜江邊春水生，蒙衝巨艦一毛輕。向來枉費推移力，此日中流自在行。王文憲曰：前首言日新之功，後首言力到之效。

瑞巖道間〔一〕

風高木落九秋時，日暮千林黃葉稀。祇有蒼蒼谷中樹，歲寒心事不相違。

【校記】

〔一〕朝鮮本題前有小注「删」。

讀易有感

潛心雖出重爻後，著眼何妨未畫前。識得兩儀根太極，此時方好絶韋編。嘗謂未畫前天地有《易》，風雷雨露皆是；未畫前人心有《易》，酬酢變化皆是〔一〕。

【校記】

〔一〕此篇據金律本、《金華叢書》本增入。

用西林舊韵延平先生宅邊寺，文公嘗館穀其處。

一自籃輿去不回，故山空鎖舊池臺。傷心觸目經行處，幾度親陪杖屨來。

答瞿曇意

未必瞿曇有兩心，莫將此意擁儒林。欲知陋巷當時樂，只向韋編絶處尋〔一〕。

【校記】

〔一〕此篇據金律本、《金華叢書》本增入。

胡氏客館觀壁間詩自警

十年湖海一身輕，歸對黎渦却有情。世路無如人欲險，幾人到此誤平生。

次范伯巖自警〔一〕

十載相期事業新，云何猶嘆未成身。流光易失如翻水，莫是因循誤得人。

【校記】

〔一〕朝鮮本題前有小注「删」。

題真

蒼顏已是十年前，把鏡回看一悵然。履薄臨深諒無幾，且將餘日付殘編。王文憲曰：此詩去易簀一月，其任重道遠之意，凜凜乎於十四字之間。○又曰：《遠游》《寫真》二詩，此先生爲學之始終也。

吴山高〔一〕

行盡吴山過越山，白雲猶是幾重關。若尋汗漫相期處，更在孤鴻滅没間〔二〕。

【校記】

〔一〕朝鮮本題前有小注「删」。

〔二〕此篇之後，朝鮮本增入《水口行舟》《咏開窗》《寄籍溪》《石子重兄示詩留别次韻爲謝三首》《送林熙之二首》《敬義堂》《答袁機仲論啓蒙》《易》《謝劉子澄寄羊裘二首》《壬子聞迅雷有感》《武夷櫂歌十首》《拜鴻慶宫有感》。

城南書院八首　張宣公

微風習習禽聲樂，晴日遲遲花氣深。妙理冲融無間斷，湖邊佇立此時心。

花柳芳妍十日晴，五更風雨送餘春。莫嫌紅紫都吹盡，新緑滿園還可人〔一〕。

亭畔薰風盡日凉，來從水面過新篁。悠然但覺盈襟抱，千古虞弦意未忘。

林塘過雨不勝秋，萬蓋跳珠瀉碧流。倚檻孤吟天欲暮，更穿芒屩上方舟。

山色頓清秋欲半，湖光更淨日平西。凉風獵獵傾荷蓋，歸翼翩翩度柳堤。
新凉修竹意逾静，初日芙蕖色倍鮮。物態直須閑裏見，人情多向快中偏。
四面紅蕖競緑波，晚凉奈此野情何。憑城更覺看山穩，入户還欣得月多。
拍堤水滿草茸茸，盡日野航西復東。欲去未須愁日暮，月明波面更溶溶。

【校記】

〔一〕此篇之後，朝鮮本有小注「以下七首並删」。

壽定叟弟〔一〕

堂堂自昔源流遠，衮衮方來事業長。駟馬安車遵大道，正須緩轡不須忙。

【校記】

〔一〕朝鮮本題前有小注「删」。

病起城南書事二首〔一〕

一春風雨水平湖，更覺湖心月榭孤。坐看百花開落遍，依然山色對清癯。

茅亭泉溜四周遭，花木經春一一高。却望西山隔江水，徑思一葉泛雲濤。

【校記】

〔一〕朝鮮本題前有小注「刪」。金律本、《金華叢書》本無「二首」兩字。

春日和陳擇之四首〔一〕

花落花開總可憐，嶠南亦復好風烟。雨餘起我故園夢，漠漠浮鷗水拍天。

年華冉冉春將半，花事匆匆雨滿城。想得東郊變新緑，未妨攜酒趁初晴。

泗上當時鼓瑟人，風雩豈是樂閒身？言外默傳千聖旨，胸中長有四時春。

日長漸有簡編樂，春半已將櫻筍來。無數青山相慰藉，有時明月共徘徊。

【校記】

〔一〕朝鮮本第一、二、四首，皆有小注「删」。

春日西興道中五首〔一〕　吕成公

短短菰蒲綠未齊，汀洲水暖雁行低。歸時須趁春光淺，待得春深意却迷。

江梅已過杏花初，尚怯餘寒著萼疏。待得重來幾枝在，半隨蝶翅半蜂鬚。

岸容山意兩溶溶，便是東皇第一功。春色平鋪人不見，却將醉眼認繁紅。

一川曉色鷺分去，兩岸烟光鶯帶來。徑欲卜居從釣叟，綠楊缺處竹門開。

簷鐸無聲鳥語稀，徑深鐘梵出花遲。日長遍遶溪南寺，未信東風屬酒旗。

【校記】

〔一〕第二首，朝鮮本有小注「删」。

晚春〔一〕

卷地狂風殿晚春，落花蓋水欲成雲。向人不改舊時面，只有蒼官與此君。

【校記】

〔一〕朝鮮本題前有小注「删」。

晚望〔一〕

獨立荒亭數過帆，横林疏處見滄灣。固知不入豪華眼，送與梟鷗自在看。

【校記】

〔一〕朝鮮本題前有小注「删」。

八咏樓有感〔一〕

仲舒舊事無人記，家令風流一世傾。天下何曾識真吏，古來幾許尚虚名。王仲舒守婺，有異政。

【校記】

〔一〕朝鮮本題前有小注「删」。

游絲〔一〕

游絲浩蕩醉春光，倚賴微風故故長。幾度鶯聲留欲住，又隨飛絮過東墻。

【校記】

〔一〕朝鮮本題前有小注「删」。

題劉氏緑映亭二首〔一〕

凉葉翻翻不受塵，芒鞵藤杖及清晨。開簾小放前溪入，澄緑光中獨岸巾。

鷺浴魚跳在鏡屏，摇青浮碧太鮮明。墻東種得陰成幄，隔葉看來却有情。

【校記】

〔一〕朝鮮本題前有小注「删」。

壽山寺〔一〕　黄勉齋

石爲文多招斧鑿，寺因野燒轉熒煌。世間榮辱不足較，日暮天寒山路長。

【校記】

〔一〕朝鮮本題前有小注「删」。

雙髻峰〔一〕

萬山環立兩山高，伯仲壎篪風味多。軒冕直能驚俗子，采薇千古不消磨。

【校記】

〔一〕朝鮮本題前有小注「删」。

讀荆軻傳〔一〕

説與男兒莫愛身，簞瓢陋巷不爲貧。古來豪士君知否，拚得頭顱斫與人。

【校記】

〔一〕朝鮮本題前有小注「删」。

倚門〔一〕　徐毅齋

碧松窩裏着吾身，風在襟裾月在門。燈火未殘弦誦習，一團清興與誰論。

【校記】

〔一〕朝鮮本題前有小注「删」。

偶書二絶

有原一本流無窮，有物萬殊生不同。自從太極兩儀後，往古來今感應中。

日月東西遞往還，四時遷易不曾閑。要知天地生成妙，只在陰陽進退間。

幽居〔一〕　楊船山

柴門閴寂少人過，盡日觀書口自哦。餘地不妨添竹木，放教啼鳥往來多〔二〕。

【校記】

〔一〕朝鮮本題前有小注「删」。

〔二〕「放」，國圖本作「故」。

溪頭〔一〕

溪頭石磴坐盤桓，時見修鱗自往還。可是水深魚極樂，不須妄想要垂竿。

【校記】

〔一〕朝鮮本題前有小注「删」。

濂溪〔一〕　南豐曾雲巢　極，景建

逍遥社裏周夫子，《太極圖》成晝掩關。欲驗箇中真動静，終朝臨水對廬山。王文憲曰：後兩句似知道者，驗動静于山水間，似亦尚小。

【校記】

〔一〕朝鮮本題前有小注「删」。

晚晴便有春意〔一〕　犖栗齋

風正波平可進橈，水光山影暮相交。殘陽欲去猶回首，一抹斜紅曳竹梢。

【校記】

〔一〕朝鮮本題前有小注「删」。

炊熟日有愴松楸〔一〕

小樓吹斷玉笙哀，春半餘寒去復來。五歲不澆墳上土，望江心折刺桐開。

【校記】

〔一〕朝鮮本題前有小注「删」。

從先生明招道中呈伯廣炳道〔一〕

時南堂 瀾

燕子楊花各自飛，雨乾溪路緑初肥。無人會得風雩意，可是千年瑟竟希。

【校記】

〔一〕朝鮮本題前有小注「删」。招，底本、國圖本作「哲」，據朝鮮本改。

柳〔一〕　趙章泉　蕃，昌父

松菊猶存歲晚期，五株柳樹復奚爲。風流不在春風日，要看秋風摇落時。

【校記】

〔一〕朝鮮本題前有小注「删」。

登南嶽上封寺　真文忠公

好風一夜掃陰霖，湧出群山紫翠深。眼界豁然因有覺，六塵空後見真心。

書事〔一〕　葉平巖　采，仲圭

雙雙瓦雀行書案，點點楊花入硯池。閑坐小窗讀《周易》，不知春去已多時。

【校記】

〔一〕朝鮮本題前有小注「删」。

春日閑居〔一〕　何文定公

輕陰薄薄籠朝曦，小雨班班濕燕泥。春草階前隨意緑，曉鶯花裏盡情啼。

【校記】

〔一〕朝鮮本題前有小注「删」。

春晚郊行〔一〕

村烟淡淡日沉西，岸柳陰陰水拍堤。江上晚風吹樹急，落紅滿地鷓鴣啼。

【校記】

〔一〕朝鮮本題前有小注「删」。

法清寺水珠呈杜季高〔一〕

壘石爲山已浪呼，小毬戲水更名珠。世間何事非虚假，還直先生一笑無。

【校記】

〔一〕朝鮮本題前有小注「删」。

夾竹梅〔一〕

不染世間兒女塵，任他桃李自争春。也應高潔難爲對，獨有修篁是可人。

【校記】

〔一〕朝鮮本題前有小注「删」。

寬兒輩

丈夫何事怕飢窮〔一〕，况復簞瓢亦未空。萬卷詩書真活計，一山梅竹自清風。

【校記】

〔一〕窮，國圖本作「寒」。

雜詩

一敬由來入道門，須臾不在便非仁。直須認取惺惺法，莫作回頭錯磨人。

善惡分明雖兩歧，念端差處只毫釐。怕將私意爲天理，所以先民貴致知。

聖門事業遠難攀，立志須同古孔顏。井不及泉猶棄井，山如虧簣未爲山。

送王敬岩江東憲節三絶〔一〕

褰帷不憚暑天長，少試平生活國方。吏蠹民冤盡梳洗，要令枯旱變豐穰。
獄情微曖自難明，着意平反或失平。生死兩無纖芥恨，考求須盡察須精。
功夫真處在持操，外澤中乾亦漫勞。獨探聖言求實用，豈同末俗爲名高〔二〕。

【校記】

〔一〕金律本、《金華叢書》本題作「送王敬巖江東都憲」。
〔二〕朝鮮本題前有小注「删」。

繳回太守趙庸齋照牒〔一〕

閉關方喜得幽棲，何用邦侯更品題？自分終身守環堵，不將一步出盤溪。

【校記】

〔一〕朝鮮本題前有小注「删」。

題徐伯光真〔一〕

舞雩春服浴沂侣，社飲衣簑學稼翁。可士可農隨地樂，此心無處不春風。

【校記】

〔一〕朝鮮本題前有小注「删」。

三閭大夫〔一〕　王文憲公

愛國憂君感慨深，沅湘浩浩魄沉沉。懷沙哀郢成何事？日月争光只此心。

【校記】

〔一〕朝鮮本題前有小注「删」。

張子房〔一〕

圯上相逢一老翁，誅秦饜項笑談中。報韓偶得劉郎用，更有商山聽下風。

【校記】

〔一〕朝鮮本題前有小注「删」。

題諸葛武侯畫像〔一〕

隆中高卧非無情，鼎峙規模豈素心？自是將軍三顧晚，坐看世變轉移深。

【校記】

〔一〕朝鮮本題前有小注「删」。

羊叔子畫像〔一〕

天下三分事未終，已施德惠過江東。誰知叔子深長計，但道中興是茂弘〔二〕。

【校記】

〔一〕朝鮮本題前有小注「删」。

〔二〕弘，底本、國圖本、朝鮮本、内閣本作「洪」，據金律本、《金華叢書》本改。

陶淵明〔一〕

義熙鼎向寄奴輕，歸去來兮絶宦情。特筆誰書晋處士，千年心事一朝明。

【校記】

〔一〕朝鮮本題前有小注「删」。

元夕獨坐〔一〕

頗聞燈火鬧熒熒，何似書窗一點青。尚喜今年民意樂，一般簫鼓兩般聽。

【校記】

〔一〕朝鮮本題前有小注「删」。

贈尋賢趙相士〔一〕袖中有尋賢牌。

赤脚佯聾術有神，賢才未必要賢尋。尋賢牌子非賢物，自是君王坐右箴。

【校記】

〔一〕朝鮮本題前有小注「删」。

和劉叔崇晚春

把酒留春尚肯留，幾多生意聚詩眸。可憐桃李無涵養，只有桑麻自進修。

蘭亭記〔一〕

風流盛集數蘭亭，刻石紛紛豈有真？嗟老感時何足慕，千年誰記浴沂人。

【校記】

〔一〕朝鮮本題前有小注「删」。

題浴沂圖

一時言志聖師前，鼓瑟聲中三月天。誰識咏歸真樂意，如何却向畫圖傳。

題流觴圖〔一〕

東晋群賢事已荒，却于紙上見清狂。茂林修竹今何在？一段風流付夕陽。

【校記】

〔一〕朝鮮本題前有小注「删」。

題長江圖三首〔一〕

一目長江萬里長，幾多興廢要商量。時人莫作畫圖看，説着源頭正可傷。

魚復江邊八陣圖，嶙峋於此豈良謨？後來浪道常蛇勢，用勢須還烈丈夫。

瓜步洲前水最深，幾人恃此縱荒淫。誰云天意分南北，自是人無混一心。

【校記】

〔一〕第一、二首朝鮮本前有小注「删」。

題書目〔一〕

博而寡要豈通儒？三萬牙籤亦太虚。一編《論語》用不盡，世間何必許多書。

【校記】

〔一〕朝鮮本題前有小注「删」。

葉西廬惠冬菊三絶〔一〕

風緊東籬長舊荄，主人杖屨日裵裒。後時獨立應無恨，少待梅花相伴開。

霜天無物不凋殘，忽見青蕤羽葆攢。欲制頹齡須耐冷，一陽定有落英餐。

誰知造化用工深，處士陶潛獨返魂。白髮書生留晚節，從今歲歲典刑存。

【校記】

〔一〕朝鮮本題前有小注「删」。

題愚齋梅軸

悄然筆下有心期，寫出寒梢玉立時。何事巧藏烟雨裏，孤標深不願人知。

查林對月〔一〕　王立齋

一天風月近中秋，凝望家山不阻修。漫浪疏林人已倦〔二〕，心期猶與素光謀。

【校記】

〔一〕朝鮮本題前有小注「删」。

〔二〕「疏林」，底本、國圖本、朝鮮本、内閣本皆缺，據金律本、《金華叢書》本補。

過馮嶺感舊〔一〕

危陟山椒下碧灣〔二〕，籃輿竟日劇千盤〔三〕。傷心四起經行舊，那復當年彩袖斑。

【校記】

〔一〕朝鮮本題前有小注「删」。

〔二〕陟，内閣本作「步」。

〔三〕盤，朝鮮本、内閣本作「般」。

寄玉澗〔一〕

山中之樂屬高人，風月無邊取次吟。但使胸中飽丘壑，莫將片點着埃塵〔二〕。

【校記】

〔一〕朝鮮本題前有小注「删」。玉，國圖本作「王」。

〔二〕此篇之後，朝鮮本增入《別福清玉融諸友五首》。

濂洛風雅卷之七〔一〕

七言律詩

香城寺別虔守趙公閱道　濂溪

公暇頻陪塵外游，朝天仍得送行舟。軒車更共入山脚，旌旆且從留渡頭。精舍泉聲清滮滮，高林雲色淡悠悠。談經道奥愁言去，明日瞻思上郡樓。按《遺事》，先生前簽書合州判官事，趙清憲公時爲使者。人或譖先生，趙公臨之甚威，而先生處之超然，趙公疑終不釋。及守虔〔二〕，先生適佐州事，趙公熟視其所爲乃悟，執其手曰：「幾失君矣，今日乃知周茂叔也。」薦之于朝，論之于士大夫，終其身。〇朱文公曰：趙清獻晚知濂溪爲甚深，而先生所以告公者亦甚悉。見于《章貢送行》之篇者，可考也。而公于于佛學蓋没身焉，何耶？

【校記】

〔一〕金律本、《金華叢書》本爲卷六。

〔二〕「及」，底本、國圖本作「交」，據朝鮮本改。

秋日偶成　明道

閑來無事不從容，睡覺東窗日已紅。萬物静觀皆自得，四時佳興與人同。道通天地有形外，思入風雲變態中。富貴不淫貧賤樂，男兒到此是豪雄。文公曰：看他胸中直是好，與曾點底事一般，言窮理精深，雖風雲變態之理無不到。

郊行即事

芳原緑野恣行時，春入遥山碧四圍。興逐亂紅穿柳巷，困臨流水坐苔磯。莫辭盞酒十分醉，只恐風花一片飛。况是清明好天氣，不妨游衍莫忘歸。《龜山語録》曰：凡詩必使言之無罪，聞者知戒，所以尚譎諫也。如東坡詩只是譏誚朝廷，無至誠惻怛愛君之意，言之安得無罪，聞之豈足以戒乎？伯淳先生詩云：「未須愁日暮，天際是輕陰。」又云：「莫辭盞酒十分醉，只恐風花一片飛。」何其温柔敦厚也！聞之者亦且自然感動矣。

和堯夫打乖吟二首

打乖非是要安身，道大方能混世塵。陋巷一生顔氏樂，清風千古伯夷貧。客求墨妙多携卷，天與詩豪剩借春。儘把笑談親俗子，德容猶足畏鄉人。

聖賢事業本經綸，肯爲巢由繼後塵？三幣未回伊尹志，萬鍾難换子輿貧。且因經世藏千古，已占西窗度十春。時止時行皆有命，先生不是打乖人。堯夫有《謝伯淳察院》詩曰：「經綸事業須才者〔一〕，燮理工夫有巨臣。安樂窩中閑俯仰，安知不是打乖人？」文公曰：近來有作《釣臺記》，力辨嚴公非詭激素隱者〔二〕。昔邵康節作《安樂窩中打乖詩》，明道先生和之曰「先生不是打乖人」。而康節又復之，有「安知不是打乖人」之句，此言有味也。使嚴公而可作，當爲此發一大笑云。

【校記】

〔一〕須才，底本、國圖本作「無□」，據内閣本、朝鮮本補。金律本、《金華叢書》本作「無賢」。

〔二〕力辨，底本、國圖本、内閣本闕，據朝鮮本補。

哭張子厚先生

嘆息斯文約共修，如何夫子便長休。東山無復蒼生望，西土誰供後學求。千古聲名聯棣萼，二年零落去山丘。寢門慟哭知何恨，豈獨交親念舊游。先生弟戩天祺，以熙寧九年卒，先生以熙寧十年卒。

集義齋　橫渠

小齋新創得新名，大筆標題字勢輕。養勇所期肩孟子，動心那肯詫齊卿。川流有本源源聽，月入容光處處明。此道幾人能仿佛，浪言徒遣俗儒驚。詩凡二首，恐學者未易看，今録其一。「川流有本源源聽」，謂集義爲浩然之本也。「月入容光處處明」，謂知言又集義之本也。心通乎道，然後能辯是非，則事事合義。

契重

契重金蘭屈指誰，偶然傾蓋接英輝。疏慵唱和應嫌晚，久淡封題莫厭稀。致主每思烹鼎説，剪戎何日檄書飛。安仁久識儒家樂，老大情懷漸有依。

孤宦

孤宦殊方意自違，鄰光兹幸托餘輝。人心識盡童心減，世事諳多樂事稀〔一〕。直有歲寒甘柏説，終無春思惜花飛。豈同毛刺播間客，向望他門卜所依。

【校記】

〔一〕諳，底本、國圖本作「諸」，據朝鮮本改。

龍門道中〔二〕　康節

物理人情自可明，何嘗慼慼向平生。卷舒在我有成筭，用捨隨時無定名。滿目雲山俱是樂，一毫榮辱不須驚。侯門見説深如海，三十年來掉臂行。

【校記】

〔一〕「道」，朝鮮本作「途」。金律本、《金華叢書》本題下有小注「一云自得吟」。

何事吟，寄三城富相公

何事教人用意深，出塵些子索沉吟。施爲欲似千鈞弩，磨礪當如百鍊金。釣水誤持生殺柄，着棋閑動戰争心。一杯美酒聊康濟，林下時時或自斟。文公曰：千鈞弩只是不妄發，如子房之在漢，漫説一句，當時承當者便須百辟。

仁者吟

仁者難逢思有常，平居愼勿恃無傷〔一〕。争先路徑機關惡，近後語言滋味長。爽口物多須作疾，快心事過必爲殃。與其病後能求藥，孰若病前能自防。

【校記】

〔一〕「愼勿」，國圖本作「謹忽」，他本皆作「謹勿」，據《擊壤集》改。

閑行吟

長憶當年掃弊廬，未嘗三徑草荒蕪。欲爲天下屠龍手，肯讀人間非聖書。否泰悟來知進退，乾坤見了識親疏。自從會得環中意，閑氣胸中一點無。

先天吟〔一〕

一片先天號太虛，當其無事見真腴。胸中美物肯自衒，天下英才敢厚誣。理順是言皆可放，義安何地不能居。直從太宇收功後〔二〕，始信人間有丈夫。

【校記】

〔一〕此篇底本、國圖本、内閣本、朝鮮本無，據金律本、《金華叢書》本增入。

〔二〕太宇，《擊壤集》作「宇泰」。

安樂窩中自貽

物如善得終爲美，事到巧圖安有公。不作風波于世上，自無冰炭到胸中。災殃秋葉霜前墜，富貴春花雨後紅。造化分明人莫會，枯榮消得幾何功。

觀易吟

一物其來有一身〔一〕，一身還有一乾坤〔二〕。能知萬物備于我，肯把三才別立根。天向一中分造化，人于心上起經綸。天人焉有兩般義，道不虛行只在人。文公曰：一中心上一聯，多少平易，實見得自別。

【校記】

〔一〕「其」，《擊壤集》同，金律本、《金華叢書》本作「原」。

〔二〕「一身」，底本、國圖本作「亡身」，據《擊壤集》改。

觀物吟

耳目聰明男子身，洪鈞賦予不爲貧。因探月窟方知物，未躡天根豈識人。乾遇巽時觀月窟，地逢雷處看天根。天根月窟閒來往，三十六宫都是春。或問文公曰：邵子詩「因探月窟方知物，未躡天根豈識人」。先生贊曰：手探月窟，足躡天根。莫只是陰陽否？文公曰：先天圖自復至乾，陽也。自姤至坤，陰也。陽生人，陰生物。手探足躡，只是姤在上復在下耳，别無意義。

安樂窩中吟〔一〕

安樂窩中春欲歸，春歸忍賦送春詩。雖然春老難牽復，却有夏初能就移。飲酒莫教成酩酊，賞花慎勿至離披〔二〕。人能知得此般事，焉有閒愁到兩眉。

【校記】

〔一〕朝鮮本題前有小注「删」。

〔二〕慎，諸本皆作「謹」，據《擊壤集》改。

首尾吟

文公曰：邵堯夫六十歲，作《首尾吟》百三十餘篇，至六七年間終。渠詩玩侮一世，只是一个四時行焉，百物生焉〔一〕。

堯夫非是愛吟詩，雖老精神未耗時。水竹清閒先據了，鶯花富貴又兼之。梧桐月向懷中照，楊柳風來面上吹。被有許多閒捧擁，堯夫非是愛吟詩。明道先生曰：真風流人家也〔二〕。

堯夫非是愛吟詩，詩是堯夫可嘆時。固有命焉剛不信，是無天也果能欺。才高正被聰明使，身貴方爲利害移。無計奈何春又老，堯夫非是愛吟詩。

堯夫非是愛吟詩，詩是堯夫試筆時。以至死生皆處了，自餘榮辱可知之。適居堂上行堂上，或在水湄言水湄。不止省心兼省事，堯夫非是愛吟詩〔三〕。

堯夫非是愛吟詩，詩是堯夫喜老時。好話説時常愈疾，善人逢處每忘機。此心是物難爲動，其志唯天然後知。詩是堯夫分付處，堯夫非是愛吟詩。

堯夫非是愛吟詩，詩是堯夫自得時。已把樂爲心事業，更將安作道樞機。未來身上休思想，既入手中須指揮。迎刃何煩多顧慮，堯夫非是愛吟詩〔四〕。

堯夫非是愛吟詩，詩是堯夫忖度時。先見固能無後悔，至誠方始有前知。己之欲處人須欲，心可欺時天可欺。只被世人難易地，堯夫非是愛吟詩〔五〕。

堯夫非是愛吟詩，詩是堯夫不强時。事到强爲須涉迹，人能知止是先幾。面前自有好田地，天下豈無平路歧。省力事多人不做，堯夫非是愛吟詩〔六〕。

【校記】

〔一〕「邵堯夫」，各本皆作「邵喜決」；「百三十」，各本皆作「百二十」；「六七」，各本皆作「六老」，皆據《朱子語類》改。

〔二〕「人家」，國圖本同，他本皆作「人豪」。

〔三〕朝鮮本此篇前有小注「删」。

〔四〕朝鮮本此篇前有小注「删」。

〔五〕朝鮮本此篇前有小注「删」。

〔六〕此篇之後，朝鮮本增入「詩是堯夫可愛時」「詩是堯夫先見時」「詩是堯夫可嘆時」「詩是堯夫喜老時」等四首，另增入《天意》《極論》《先天吟》《謝富丞相招出仕》。

效堯夫體寄仲兄大防，微仲　呂芸閣

治非知務功何有，見必先幾義始精。飯放不應諭齒決，水來安可病渠成。高才况自當名世，大業終期至太平。可惜良時難再得，東山應不負蒼生。

韋氏獨樂堂　游定夫

林下徜徉得至游，高情不與世情謀。羲和叱馭日逾永〔一〕，猿雀尋盟山更幽。踽踽凉凉還自哂，休休莫莫復何求。應門稚子非無意，客至蕭蕭已百憂。

【校記】

〔一〕永，底本、國圖本作「水」，據内閣本改。

韋深道寄傲軒〔一〕

早付閑身老故鄉，青松成徑菊成行。搘頤獨坐心遺念，坦腹高吟興欲狂。甕下却應嗤畢卓，籬根遥想對羲皇。乘風破浪門前客，試問浮家有底忙。

【校記】

〔一〕朝鮮本此篇題前有小注「删」。

望湖樓晚眺〔一〕　楊龜山

斜日侵簾上玉鈎，簷花飛動錦紋浮。湖光寫出千峰秀，天影融成十里秋。翠鷁翻風窺淺水，片雲隨意入滄洲。留連更待東窗月，注目晴空獨倚樓。

【校記】

〔一〕朝鮮本此篇題前有小注「删」。

送行和楊廷秀韻〔一〕

學粗知方始爲人，敢崇文貌獨真誠。意雖阿世非忘世，志不謀身豈誤身。逐遇寬恩猶得禄，歸衝臘雪自生春。君詩正似秋風快，及我征帆故起蘋。

【校記】

〔一〕此篇底本、國圖本、内閣本、朝鮮本無，據金律本、《金華叢書》本增入。

秋晚偶成二首

纖纖晚雨洗秋容，庭樹蕭然策策風。萬籟自鳴群物外，四時長在不言中。坐臨流水襟懷冷，卧對浮雲世慮空。寂寞一廛吾自適，客嘲從更議揚雄。

風飄淅瀝鬧諸鄰〔二〕，却掃衡門溷世塵。天氣清明秋意態，夜光浮動月精神。流年漸覺侵霜鬢，生理從來付大鈞。臨水便同濠濮趣，翛然魚鳥自親人〔三〕。

【校記】

〔一〕「飄」，底本、國圖本作「瓢」，據内閣本改。

〔二〕朝鮮本此篇題前有小注「删」。

閑居書事

虛庭幽草翠相環，默坐頽然草色間。玩意詩書千古近，放懷天地一身閑。疏窗風度聊欹枕，永巷人稀獨掩關。誰信紅塵隨處浄，不論城郭與青山。

再謫宿能仁寺〔一〕　鄒道鄉

八年之中三往回，道人一意金石開。非干桑梓有分好，自是針芥無嫌猜〔二〕。焚香説了四句偈，携手直上千尺臺。洞庭青草不我隔，東吳可歸歸去來。

【校記】

〔一〕朝鮮本此篇題前有小注「删」。

〔二〕針芥，國圖本作「鈞水」，他本皆作「針水」，據《道鄉集》改。

聞趙正夫遷門下

促膝論心十二年，有時忠憤淚潸然。不聞一事拳拳救，但見三臺每每遷。天地豈容將計免，國家能報乃身全。他時會有相逢日，解説何由復自賢。

雜詩　陳忠肅

大抵操心在謹微，謬差千里始毫釐。如聞不善須當改，莫謂無人便可欺。忠信但將爲己任，行藏終自有天知。深冬寒日能多少，已覺東風次第吹。

過鳳林關戊戌〔一〕　胡文定公

馬首西南二十年，每經關左重留連〔二〕。殷勤拂石臨流水，邂逅憑欄倚暮烟。千古物情吟不盡，四時風景畫難傳。何人可作隆中伴，待結比鄰買鈞船。

【校記】

〔一〕朝鮮本此篇題前有小注「删」。

〔二〕「二十年每經」，底本、國圖本、内閣本、朝鮮本皆缺，據金律本、《金華叢書》本補。

奉次朱子發褉飲碧泉〔一〕

不牽春草咏池塘，且對山泉共舉觴。碧玉湧波清見底，戲鱗依荇欵成行。杯盤草草情逾厚，談話平平味更長〔二〕。亦有浯溪聳天石，待鐫佳頌壓元郎。

【校記】

〔一〕朝鮮本此篇題前有小注「删」。

〔二〕「話」，内閣本、朝鮮本作「笑」。

舟入荆江東赴建康

長江渺渺接天浮，萬古朝宗日夜流。洲在尚傳鸚鵡賦，臺高應見鳳皇游。路經赤壁懷公瑾，水到柴桑憶仲謀。白日幸無雲物蔽，好看澄景對高秋。

宿州初暑〔一〕　呂舍人

暑氣侵人始欲愁，簞瓢窮巷不堪憂。亂蟬泊雨林塘静，密徑吹花草樹幽。春盡茅簷深着燕，日高田水故飛鷗。莫欺湫隘無餘地，待借元龍百尺樓。林拙齋《記問》曰：呂舍人少年時有詩春去云云，蘇潁濱見之曰：此人異日當以詩名。

【校記】

〔一〕朝鮮本此篇題前有小注「删」。

效樂天體送范十八歸江西

與君此別重依然，再得相逢又幾年。無使人言長似舊，況教人道不如前。窮通軒輊皆由命，貴賤高卑總是天。只有修身全屬我，少遲留處即加鞭。

寄傲軒〔一〕　羅文質公

自嗟踽踽復凉凉，餬口安能仰四方。目送歸鴻心自遠，門堪羅雀日偏長。家徒四壁樽仍緑，侯户千頭橘又黄。我醉欲眠君且去，肯陪俗客話羲皇。

【校記】

〔一〕朝鮮本此篇題前有小注「删」。

寄許子禮〔一〕　曾文清公

草堂竹塢閉門中，吏部持身有古風。老去一麾還作病，歸來四壁又成空。今朝札翰知無恙，舊日詩書却未窮。拭目看君進明德，乃兄事業付天公。

【校記】

〔一〕朝鮮本此篇題前有小注「删」。

食笋〔一〕

花事瓓珊竹事初，一番風味殿春蔬。龍蛇戢戢風雷後，虎豹斑斑霧雨餘。但使此君常有子，不憂每食嘆無魚。丁寧下番須留取，障日邀風却要渠。

【校記】

〔一〕朝鮮本此篇題前有小注「删」。

送沈昌時赴寧海令〔一〕

朱韋齋

俯仰塵埃二十年，天涯初此試鳴弦。正緣五斗羞陶令，莫嘆三江阻鄭虔。饞吏誅求何日饜，羸民凋瘵豈容鞭。故人便使來當路，終恐勞公自輓船。

【校記】

〔一〕朝鮮本此篇題前有小注「删」。

贈范直夫〔一〕

將軍競病詩成處，南浦春歸蘭玉叢。漸減心情身老大，久乖談笑路西東。鄉關落日蒼茫外，樽酒寒花寂歷中。且與寓公同放曠，浩歌相屬倚秋風。
其後文公改葬韋齋于上梅里寂歷山中峰之原，深有感于此詩寂歷之句云。

【校記】

〔一〕朝鮮本此篇題前有小注「删」。

和仁仲治圃韻　胡致堂

不遺身心同槁灰，化工隨手自量裁。一欄仙藹端倪露，九畹崇蘭次第栽。生意可觀那畫得，暗香難覓偶吹來。柴門漫設何曾閉，俗駕經過也未猜。

和仲固

多謝春風吹雨晴，出游今日計初程。去隨君凋𧝹褷上，歸與閑雲淡沲行。順理以觀皆有趣，會心之樂最難名。山桃岸柳寧知此，斂笑舒顰合有情。

貧病示學者〔一〕　胡五峰

貧病離居莫厭侵，牀頭黄卷静披尋。情通不礙天機妙，行到方知學海深。宇宙一身雖小小，乾坤萬象總森森。分明此意人難會，長望青衿肯嗣音。

【校記】

〔一〕朝鮮本此篇題前有小注「删」。

金陵懷古〔一〕　劉屏山

荒城莽莽蔽荆榛，虎踞龍盤迹已陳。赤壁戰争江照晚，青樓歌舞鳥鳴春。千年王氣雄圖盡，一疊寒笳客恨新。折屐風流猶可想，只今高卧豈無人〔二〕。

【校記】

〔一〕朝鮮本此篇題前有小注「删」。

〔二〕此篇之後，朝鮮本增入《北風》。

癸未冬至〔一〕　林拙齋

塵勞終日漫區區，竟是乾坤一腐儒。半世飽知榮與辱，新冬頓覺我爲吾。關防向後存心誤，檢點從前制行粗。理欲從今罷研究，無工夫處是工夫。

【校記】

〔一〕朝鮮本此篇題前有小注「删」。

九日天湖分韻得歸字〔一〕

朱文公

去歲瀟湘重九時，滿城寒雨客思歸。故山此日還佳節，黄菊清樽更晚暉。短髮無多休落帽，長風不斷且吹衣。相看下視人寰小，祇合從今老翠微。

【校記】

〔一〕朝鮮本此篇題前有小注「删」。

壽母

竹柏交柯庭院清，西風不動翠簾旌。高堂正喜新凉入，樂事仍逢壽斝傾。盡室丹心歸善禱，滿頭緑髮定重生。年年此日歡娱意，更願時豐樂太平。

日用自警示平父

圓融無際大無餘，即此身心是太虚〔一〕。不向用時勤猛省，却于何處味真腴。尋常應對尤須謹，造次施爲更莫疏。一日洞然無别體，方知不枉費工夫〔二〕。

【校記】

〔一〕「即此身心」，國圖本作「只有此身」，他本皆作「只此身心」，據《晦庵集》改。

〔二〕此篇之後，朝鮮本增入《次卜掌書落成白鹿佳句》《白鹿講會次方丈韻》《次韻叔野雪後書事》《次鵝湖韻》。

九日與賓佐登龍山　張宣公

曉風獵獵笛横秋，澤國山河九日游。萬里烟雲歸老眼，千年形勢接中州。丘原到處堪懷古，萸菊隨時豈解愁。此日此心誰共領，朝宗江漢自東流。

贈樂忠恕

老子曾從先覺游，後來文采繼風流。胸中有意窮千古，筆下成章映九秋。塵世利名無着算〔一〕，聖門事業更精求。咏歸消息今猶在，魚躍鳶飛會得不〔二〕。

【校記】

〔一〕「算」，諸本皆作「莫」，據《南軒集》改。

〔二〕此篇之後，朝鮮本增入《和宇文正甫探梅》。

送柳嚴州趨朝　吕成公

一葉初秋已趣裝，璽書屢下駐歸航。少留北闕三年最，多借西州半歲强。身外寵榮元自薄，眼前凋瘵故難忘。書囊知有朝天草，不是中和樂職章〔一〕。

【校記】

〔一〕此篇之後，朝鮮本增入《恭和御製秋日幸秘書省近體詩》《鵝湖示同志》。

次晦翁韻　蔡西山

屈指摳衣十七年，自憐鬒鬢已皤然。久知軒冕真無分，但覺溪山若有緣。下學工夫慚未到，先天事業敢輕傳。祗今已飽烟霞痼，更乞清溪理釣船〔一〕。

【校記】

〔一〕此篇之後，朝鮮本增入《西齋》。

和江西王倉使中秋　黄勉齋

明晦從渠造物慳，好天佳月静時看。一輪天外長明澈，萬象胸中自屈盤。星逐使來隨處見，霜侵臺迥逼人寒。休觀玉兔頻頻擣，活國須公九轉丹。

林户求明道堂詩　陳北溪

秉彝同是得天生，道在其中本自明。氣爲禀來微有蔽，欲因感處復多萌。磨礱須到十分粹，克治全教一味清。從此洞然無别體，真元輝露日光呈。

即事　徐毅齋

自吾齋外付吾兒，除却詩書總不知。苔色上侵閒坐處，鳥聲來和獨吟時。十分秋景重陽後，一味天涼老者宜。調得身心能自慊，止吾所止復何疑。

省過　蒙齋程端蒙　正思

此道從來信不疑，安行何處履危機。無心更與世俯仰，有口不談人是非。悔吝愆尤須謹細，存亡得失要知幾。師門有意無人會，一餉忘言對落暉。

哭蔡西山〔一〕　趙章泉

鵲噪春林辱贈詩，雁回秋色忽聞悲。蘭枯蕙死迷三楚，雨暗雲昏礙九疑。早歲力辭公府辟，暮年名與黨人碑。嗚呼季子延陵墓，不待鐫辭行可知。

【校記】

〔一〕朝鮮本此篇題前有小注「刪」。底本、國圖本「趙章泉」後衍一「傳」字，據内閣本刪。

答故人〔一〕　遠庵方伯謨

天涯春色已平分，桃李陰陰晝掩門。黄素久無人問字，緑醽時召客開樽。棲遲未嘆流光速，寂寞還令此道存。珍重故人勤問訊，暮年憂樂任乾坤。

【校記】

〔一〕朝鮮本此篇題前有小注「刪」。

長沙會十二縣宰　真西山

從來守令與斯民，都是同胞一樣親。豈有脂膏供爾禄，不思痛癢切吾身。此邦祇似唐時古，我輩當如漢吏循。今夕湘春一卮酒，直須散作十分春〔一〕。

【校記】

〔一〕「須」，底本、内閣本、金律本、《金華叢書》本作「煩」，據國圖本、朝鮮本改。

使都梁次韻

第一山前路半蕪，凭欄小立撚吟鬚。雲横紫塞無來雁，冰斷黄流不渡狐。此日都梁聊共醉，向來夷甫可長吁。淮山那管人間事，依舊青青出畫圖〔一〕。

【校記】

〔一〕此篇之後，朝鮮本增入《次韻袁尊固監丞别二首》。

送真泉州西山〔一〕　曾雲巢

隱然風節動朝行，屢叩龍墀貢皂囊。未促相如歸蜀道，翻令汲黯去淮陽。便藩自足榮萊服，邃殿誰當補舜裳。急召諸賢固根本，璽書早晚出明光。

【校記】

〔一〕朝鮮本此篇題前有小注「删」。

寄陳正己〔一〕

扊扅深閉斷經過，倒摺塵編且卧痾。九十日春晴景少，一千年事亂時多。吟成楚些翻愁絶，鬢染吴霜奈老何。心鐵正堅思急試，憶君中夜起悲歌。

【校記】

〔一〕朝鮮本此篇題前有小注「删」。

春望〔一〕　蔡節齋

樓上從容曉日明，春風隨處動郊坰。定知有象根冲漠，未信至真惟杳冥。萬化淳時雲靄靄，一元亨處雨零零。無言共倚闌干曲，緑滿原田水滿汀。

【校記】

〔一〕朝鮮本此篇題前有小注「删」。底本、金律本、《金華叢書》本未標注作者，據内閣本補。

約友人賞春

人生何事最爲親〔一〕，不看春容不識真。岸柳細摇多意思，野花初綻足精神。精神識後施爲别，意思到時言語新。爲報同門須急賞，莫教春去始傷春。

【校記】

〔一〕「事」，内閣本、朝鮮本作「處」。

送淮西左憲知黄州　何文定

日向庭闈彩服趨，天邊忽下紫泥書。分銅既佩諸侯印，衣繡仍登使者車。萬竈貔貅須宿飽，九州鴻雁要安居。笑談了却公家事，指日催歸侍玉除。

端平乙未新元〔一〕　王文憲

臺曆更新德未新，讀書未濟腹中貧。屢因快意行來錯，却向閒中認得真。性性不忘千聖旨，惺惺毋欠滿腔仁。榮枯冷暖自消長，但見流行總是春。

【校記】

〔一〕朝鮮本此篇題前有小注「删」。

時充之訪盤溪有詩次韻〔一〕

賢賢不出此心公，有爲爲之未必充。絶學當歸三洞左，正源欲障百川東。坐春立雪誰能繼，弄月吟風豈浪從。方已烏頭力應鮮，因循又過一年終。

【校記】

〔一〕朝鮮本此篇題前有小注「删」。

何無適同宿山中次韻〔一〕

虎踞龍盤釋子宫，藥香時出小橋東。人眠依約三更後，月在清明一氣中。千古心期應共遠，半生懷抱此時融。清泉白石分明記，出處他年未必同。

【校記】

〔一〕朝鮮本此篇題前有小注「删」。

科舉

紛紛衿佩止時文，競巧趨新做日程。一試奔馳天下士，三年冷暖世間情。清朝不許人心壞〔一〕，舉子安知天爵榮。所用是人行是學，不知何日可昇平。

【校記】

〔一〕「許」，底本、國圖本、内閣本、朝鮮本作「計」，據金律本、《金華叢書》本改。

有人説用〔一〕

寄語紛紛利欲人，不知何者是經綸。行藏未可便輕議，學問先須辨得真。莫把空言來誤世，要明明德去新民。大凡體立方言用，且着工夫檢自身。

【校記】

〔一〕朝鮮本此篇題前有小注「删」。

和伯兄適莊訪立齋

園林襟帶兩三家，翁季怡怡意度嘉。時把酒杯傾月影，或燒石鼎煮天花。青編有味毋吾隱，白髮無情任汝加。翠竹數竿新聘石，歲寒只此是生涯。

重題八咏樓〔一〕

樓壓重城萬井低，星從天闕下分輝〔二〕。傷心風月詩應瘦，滿眼桑麻春又肥。山到東南皆屹立，水流西北竟同歸。倚闌莫問齊梁事，斷石凄凉卧落暉。

【校記】

〔一〕朝鮮本此篇題前有小注「删」。

〔二〕「天」，底本、國圖本、内閣本、朝鮮本作「大」，據金律本、《金華叢書》本改。

送趙素軒去婺守爲本道倉使

人物乾淳舊典刑，滿腔全是遠庵仁。來時懶作三刀夢，去日留爲一道春。千里桑麻深雨露，雙溪風月更精神。出門父老歡迎處，猶有文公舊部民。

新秋自警

直諒之言久不聞，秋來因作讀書吟。時時涵泳味無味，句句研窮深又深。老去已辜朋友望，閒中粗得聖賢心。無情歲月垂垂過，夕秀朝華豈暇尋。

明月樓曹守邀和〔一〕

一簇樓臺表郡城，月于此處最光明。山摇玉采東南上，水抉金波西北傾。老木修容賓畫棟，女墻嚴陣護丹楹。西風屈指何時到，來慶黄雲萬頃横〔二〕。

【校記】

〔一〕朝鮮本此篇題前有小注「删」。

〔二〕朝鮮本此篇之後，增入《乙巳元日鰲峰書堂會拜五十五人》《聞讀書有感》《經理武夷書院》以及七言排律《蒼蒼吟寄答曹州李審言龍圖》。

《濂洛風雅》歷代版本著録

《濮陽蒲汀李先生家藏目録》明李廷相撰　清宣統二年上虞羅氏玉簡齋叢書本

《濂洛風雅》二本

《百川書志》明高儒撰　清光緒至民國間觀古堂書目叢刊本

卷十九　集

《濂洛風雅》七卷

元仁山金履祥吉甫記録，石泉唐良瑞進之編類，宋濂洛諸君子之作，以師友淵源爲統紀，古今體制爲正變，有關名教之書也。

《晁氏寶文堂書目》明晁瑮撰　明抄本

詩詞

《濂洛風雅》

《萬卷堂書目》 明朱睦㮮撰 觀古堂書目叢刊本

卷三 儒家

《濂洛風雅》七卷金履祥

《脈望館書目》 明趙琦美撰 國圖藏清抄本

冬字號 集 宋人文集

《濂洛風雅》二本

《澹生堂藏書目》 明祁承㸁撰 錢塘丁氏八千卷樓稿本

集部上 總集詩編

《濂洛風雅》七卷 二册 金履祥

《徐氏家藏書目》 明徐𤊹撰 清道光七年味經書屋劉燕庭抄本

卷五 集部 總詩類 宋元

《濂洛風雅》二卷金履祥輯

《絳雲樓書目》　清錢謙益撰　清嘉慶鈔本
卷四　詩總集類
《濂洛風雅》

《千頃堂書目》　清黄虞稷撰　上海古籍出版社一九九〇年版
卷三十一　總集類
金履祥《濂洛風雅》七卷

《續文獻通考》　清嵇璜撰　清文淵閣四庫全書本
卷一百九十七　經籍考　集　總集上
金履祥《濂洛風雅》六卷
履祥見經類。

《欽定續通志》　清嵇璜撰　清文淵閣四庫全書本
卷一百六十三　藝文略八　文類第十二下　總集

《四庫全書總目》 清紀昀撰 清乾隆武英殿刻本

卷一百九十一 集部四十四

《濂洛風雅》六卷浙江巡撫采進本

元金履祥編。履祥有《尚書表注》，已著録。是編乃至元丙申，履祥館于唐良瑞家齊芳書舍所刻。原本選録周子、程子以至王柏、王佖等四十八人之詩，而冠以《濂洛詩派圖》，但以詩友淵源爲統紀，初不分類例。良瑞以爲濂洛諸人之詩，固皆《風》《雅》之遺，第《風》《雅》有正變大小之殊，《頌》亦有周、魯之异，于是分詩、銘、箴、誡、贊、誄四言者，爲《風》《雅》之正，其楚辭、歌騷、樂府、韵語爲《風》《雅》之變，五七言古風則《風》《雅》之再變，絶句、律詩則又《風》《雅》之三變云云，具見良瑞所作序中。蓋選録者履祥，排比條次者則良瑞也。昔朱子欲分古詩爲兩編而不果，朱子于詩學頗邃，殆深知文質之正變，裁取爲難。自真德秀《文章正宗》出，始别爲談理之詩，然其時助成其稿者爲劉克莊，德秀特因而删潤之。故所黜者或稍過，而所録者尚未離乎詩。自履祥是編出，而道學之詩與詩人之詩千秋楚越矣。夫德行、文章孔門即分爲二科，儒林、道學、文苑，《宋史》且别爲三傳，言豈一端，各有當也。以濂洛之理責李杜，李杜不能争，天下亦不敢代爲李杜爭。然而天下學爲詩者，終宗李杜，不宗濂洛也。此其故可深長思矣。

《浙江採集遺書總録》　清沈初撰　乾隆四十年刻本

辛集　集部　總集類一

《濂洛風雅》六卷刊本

右宋金履祥輯周程以下諸家詩，以師友淵源為統紀，皆取其平淡有理趣者。

《孫氏祠堂書目》　清孫星衍撰　清嘉慶五年孫氏自刻本

外編卷三　詞賦　總集

《濂洛風雅》六卷

元金履祥編。

《補遼金元藝文志》　清倪燦撰　清光緒廣雅書局本

總集類

金履祥《濂洛風雅》七卷。

《天一閣書目》　清范邦甸撰　清嘉慶文選樓刻本

卷二之一　史部

《濂洛風雅》七卷刊本。第四卷有德輝二字圖章。

宋邵康節、張横渠、程明道、程伊川、楊龜山、游廣平、尹和靖、呂滎陽、張思叔、胡文定、李延平、朱晦庵、呂東萊先生交游淵源，往來贈答，蓋悉收入。仁山金履祥紀録。卷首有詩派圖，宋元貞丙申唐良瑞原序。明弘治庚申南山潘府重刊序曰：「余友董遵道膺歲薦來京師，以遺稿視余，復圖鋟行于世，適同志彭濟物出守徽郡，遂以是屬焉。」弘治壬戌年李旻有序。

《元史新編》　清魏源撰　清光緒三十一年邵陽魏氏慎微堂刻本

卷九十四　志十之四　藝文四

金履祥《濂洛風雅》七卷唐良瑞編類

《萬卷精華樓藏書記》　清耿文光撰　山西省文獻委員會印本

卷一三五　集部　總集類三

《濂洛風雅》六卷

宋金履祥編

婺郡東藕塘賢祠本。前有王崇炳序、雍正十年戴錡序、元貞丙申唐良瑞序。濂洛宗派圖，自周、程、張、邵至王柏、王偘凡三十八人。一、二卷有賦、箴、銘、贊。

王氏序曰：「吾婺之學，宗文公，祖二程，濂溪則其所自出也。以龜山為程門嫡嗣，而呂、謝、游、尹則支；以勉齋為朱門嫡嗣，而西山、北溪、撝堂則支。由黄而何、而王，則世嫡相傳，直接濂洛。程門之詩以共祖收，朱門之詩以同宗收。非是族也，則皆不録，恐亂宗也。」

戴氏序曰：「兹編僅百余頁，乃先生親手鈔本，裔孫律藏之已久，今附刻文集之後。」詩後間有説。

唐氏序曰：「仁山金子吉甫翁館我齊方書舍，縱言至於詩，見其所編有曰《濂洛風雅》者，但以師友淵源為統紀，而未分類例。言言有教，篇篇有感，異乎平昔所聞，因相與紬繹之。」元貞，元成宗年號。

《元書》　清曾廉撰　清宣統三年刻本

卷二十三　總集

金履祥《濂洛風雅》七卷

《八千卷樓書目》　清丁立中編　钱塘丁氏聚珍仿宋版

卷十九

《濂洛風雅》六卷宋金履祥撰，率祖堂本

圖書在版編目(CIP)數據

金仁山先生文集;濂洛風雅 /(宋) 金履祥撰;黄靈庚,李聖華主編;李聖華,慈波整理. —上海:上海古籍出版社,2022. 12

(北山四先生全書)

ISBN 978 - 7 - 5732 - 0545 - 2

Ⅰ. ①金… Ⅱ. ①金… ②黄… ③李… ④慈… Ⅲ. ①中國文學—古典文學—作品綜合集—南宋 Ⅳ. ①I214. 422

中國版本圖書館 CIP 數據核字(2022)第 217652 號

北山四先生全書

金仁山先生文集　濂洛風雅

(全二册)

〔宋〕金履祥　撰

黄靈庚　李聖華　主編

李聖華　慈波　整理

上海古籍出版社出版發行

(上海市閔行區號景路 159 弄 1-5 號 A 座 5F　郵政編碼 201101)

(1) 網址:www. guji. com. cn

(2) E-mail: guji1@guji. com. cn

(3) 易文網網址: www. ewen. co

上海展强印刷有限公司印刷

開本 890×1240　1/32　印張 21. 875　插頁 5　字數 436,000

2022 年 12 月第 1 版　2022 年 12 月第 1 次印刷

印數 1-1,500

ISBN 978 - 7 - 5732 - 0545 - 2

B. 1291　定價: 108. 00 元

如有質量問題，請與承印公司聯繫

電話: 021-66366565